香祖筆記（一）

清·王士禛 撰

中國書店

詳校官編修臣周瓊

臣紀昀覆勘

欽定四庫全書　子部十

香祖筆記　雜家類雜説之屬

提要

臣等謹案香祖筆記十二卷

國朝王士禎撰皆康熙癸未甲申二年所記其曰香祖者王象晉羣芳譜曰江南以蘭為香祖士禎蓋取其祖之語以名滋蘭之室因以名書也是書體例與居易録同亦多可采惟

論尹吉甫一條最為紕繆又如姚旅露書以章八元詩為盧照鄰其詩話以柳惲詩為道孟頫（案其詩話原本不著其名蓋有所諱今亦仍其舊文）記憶偶誤事所恒有指其疎舛足矣而一則以為無目人語一則以為眯目人道黑白肆口毒詈皆乖著書之體士禎池北偶談任惇表語一條何嘗不以劉禹錫覆舟側畔千帆過病樹前頭萬木春二句為白居易詩漁洋文畧遊攝山

記何嘗不以左思振衣千仞岡濯足萬里流二句為郭璞詩乎此由晚年解組倥傯未平筆墨之間遂失其冲夷之故度斯亦盛德之累矣又第十二卷一條曰輟耕録言或題畫曰特健藥不喻其義余因思昔人如秦少游觀輞川圖而愈疾黄大癡曹雲溪沈石田文衡山輩皆工畫皆享大年人謂是烟雲供養則特健藥之名不亦宜乎案法書要録載武

平一徐氏法書記曰駙馬武延秀開二王之迹强學寶重乃呼薛稷鄭愔及平一評其善惡諸人隨事答稱為上者題云特健藥云是突厥語案唐書稱延秀嘗質于突厥解其國語書法要録所載太平公主三猷貌㨠四字印亦突厥語也其解甚明士禎乃以字義穿鑿殊為失考此非僻事殆髦而忘乎然其品題文藝宏獎風流至於老而不衰固足尚也乾隆四十九年二月恭校上

總纂官臣紀昀臣陸錫熊臣孫士毅

總校官臣陸費墀

欽定四庫全書

香祖筆記卷一

刑部尚書王士禛撰

康熙四十一年壬午三月初五日

文華殿經筵臣士禛以

經筵講官刑部尚書侍文淵閣大學士吏部尚書熊賜

履禮部侍郎羅察進講四書樊遲問仁子曰愛人一節

禮部尚書韓菼工部侍郎舒輅進講易經繫辭居則觀

其象而玩其辭四句講畢

賜宴太和門

江南道監察御史張瑗題為逆惡之罪既已正典于前

朝私豎之碑豈宜傳流于後世亟請乾綱勅毀以儆奸

邪以垂鑒戒事恭聞我

皇上前歲翠華南幸命修岳飛之墓賜題于謙之碑誠

以此二臣者忠貫日月義壯山河故特表而揚之以風

示天下夫善在必彰者則惡在所必癉臣奉命巡視西

城前往西山一帶查閱至香山碧雲寺寺後峻宇繚墻覆壓數里鬱蔥綿亘金碧輝煌疑是前代王侯寢宮詢之土人乃知爲故明罪惡滔天磔尸身後逆璫魏忠賢之墓墓上有穹碑二屹然並立金書欽差總督東廠官旗辦事掌惜薪司内府供用庫尚膳監印務司禮監秉筆總督南海子提督保和等殿完吾魏公忠賢之墓臣觀覽之下不禁髮指夫魏忠賢者在前明天啓時竊操國柄屠毒忠良惡貫滿盈一時羣小皆出其門德碑生

祠幾徧天下神人共憤道路以目至崇禎初年罪狀發露押往祖陵潛行自盡磔尸河間迄今公論在人尚恨戮尸不足以蔽厥辜乃畿輔近地尚留此穢惡之蹟僭越之制何以儆巨憝昭大法哉況當奉

旨纂修明史之時凡明季忠良被禍諸臣無不立傳表揚以彰公道光天化日之下豈容奸孽餘黨膽大潑天目無三尺仰祈

天威乾斷

勅地方有司立仆其碑剗平其墓俾天下後世知凶惡之徒不能逭憲典于身前并不能保墳墓于身後其于

聖明癉惡之義不啻炳如日星嚴如斧鉞矣云云奉

旨魏忠賢碑墓著交與該城官員仆毀剗平該部知道瑗賦詩紀事云彰癉表天道誅賞昭王綱伊誰實職之蘭臺凜秋霜道惟鋤姦宄庶以全善良攬轡出都門陟睇西山岡廬舍亙阡陌各各營農桑厥俗一以樸民氣尤恱康榛莽化蘭蕙無復嗥豺狼尋憇古佛刹紺碧何

輝煌背負諸墓碣封樹皆貂璫逆閹塚踰制陵園相頌
頏穹碑矗霄漢長松繞垣墻以彼稔凶惡萬死奚足償
搏噬縱鷹犬湯鑊烹鸞凰天地盡暝晦白日無晶光古
多寺人禍兹禍踰漢唐國步倏臲卼社稷旋淪亡彼身
已寸磔墓胡留山陽我見髮上指衝冠心激昂及此不
鏟薙無乃忤蒼蒼拜疏請
明旨
聖德奮乾綱碑仆墓亦毀狐兎將安藏堯舜除四凶海

宇稱平章誅惡及勝國來者心自臧岩壑湔纖濁草木回芬芳聊以佐史筆憲紀于馬張瑗字蘧若祁門人予辛未科南宮所取會元也以編修改御史一時賦詩紀事者甚衆　按工部郎中萬公熼疏云臣於三月詣陵開工過香山碧雲寺見魏忠賢所營墳墓碑石崢嶸隧道深閟翁仲簪朝冠而環列羊虎接駝馬以森羅制作規模髣髴陵寢云云則閹擅國柄時自營生壙已久特既誅之後未有建議毀之者故倖存至今耳

羽紗羽緞出海外荷蘭暹羅諸國康熙初入貢止一二疋令閩廣多有之蓋緝百鳥毳毛織成予按異物彙苑唐安樂公主使尚方合百鳥毛織為裙正視旁視各為一色日中影中各為一色而百鳥之形狀皆見然則古亦有之矣又南史齊文惠太子織孔雀毛為裘華貴無比武后有集翠裘以賜倖臣皆其類也又滿剌加哈烈出鎖袱一名梭服鳥毳為之紋如紈綺令閩中最多價不甚高非羽紗羽緞比

浙江巡撫某疏明紹興府知府湯紹恩於三江海口築塘建閘旱澇無害逮我
朝定鼎洩水驅沙靈異尤著禦災捍患利益弘多伏祈
敕賜褒封祀典云云下禮部議允行

京師粥花者以豐臺芍藥為最南中所產惟梅桂建蘭茉莉梔子之屬近日亦有佛桑榕樹榕在閩廣其大有蔭一畝者今乃小株僅供盆盎之玩佛桑重臺者永昌名花上花見蓺林學山

鄞處士萬斯同字季野與其兄斯大字充宗同游黃太冲之門充宗研精經學而季野貫穿史事于明代三百年典故如指諸掌史館總裁諸公聘入京師一切皆取衷焉初先伯祖太師公（諱象乾）列傳汪編修（琬）倪檢討（粲）各有撰述季野從實録搜采十許事補入視二君為詳其所撰宋季忠義録十二卷一卷載恭帝端宗末帝本紀陳仲微二王始末二卷迄末自江萬里文天祥而下逮劉辰翁凡四百六人皆向來紀載所未備也所著又

有南宋六陵遺事一卷庚申君遺事一卷補歷代史表六十卷歷代宰輔彙考八卷廟制圖考四卷河渠考十二卷崑崙河源考二卷儒林宗派八卷羣書疑辯十二卷書學彙編二十四卷可謂通儒壬午四月殁于京邸甚可惜也

自己卯順天鄉闈

乾清門覆試舉人後直省考試官自侍郎以下槩行開列恭侯

欽點壬午鄉試以副都御史張溍主考陜西御史吳甫生副之吏部文選郎中陳汝弼主考江南工科給事中黃鼎楫副之御史劉子章主考江西御史傅作楫主考浙江翰林滿洲阿爾賽副之湖廣巴海大理評事予門人山東滿保河南傅森皆翰林滿洲人山西孫致彌戊辰庶吉士副都御史御史庶吉士典鄉試自是科始

二十年來京師士大夫不復用金扇初則尚金陵仰氏伊氏素紙扇繼又尚青陽扇武林各色夾紗扇未幾廢

而不行獨尚曹氏靴扇溧陽歌扇一時風會雖小物亦
然殆不可曉也
壬午七月浙江巡撫趙申喬疏言浙省每科試卷一萬
二千有奇舊例同考官僅十三人不能徧閱請增三員
禮部覆允併通行各直省如有試卷數多房考不足者
題明量行增加得
俞旨是科浙闈解額視江南之數并著為例
丙子予奉

命祭西嶽西鎮登鳳翔靈山靈鷲寺見如來泥洹像諸
弟子有悲泣者竊以為疑適觀世說顧敷七歲言當由
忘情故不泣未能忘情故泣尋味二語大有觧會
康熙庚辰夏六月二十八日蒙
恩賜
御書帶經堂扁額謹紀述于居易録末卷今年壬午四
月六日再蒙
恩賜

御書信古齋扁額回憶戊午夏初蒙
恩賜存誠格物二扁已二十五年矣二十五年中三蒙
御筆題
賜堂額榮寵踰涯宋學士蘇易簡獲賜飛白玉堂之署
四字一時輒侈為盛事臣之蒙
恩何啻什倍恭為摹刻懸于蓬蓽之居而什襲
御墨于寶櫝謹紀
頒賜年月以示世世子孫勿忘報稱云

壬午六月初九日

召集内閣九卿及翰詹卿寺科道各部郎中四品以上

官于

保和殿傳

上諭云尋章摘句華麗詞藻非帝王之本朕四十餘年

惟日兢兢未嘗少釋萬幾自警有始無終之誚念茲在

茲也政事之暇頗好書射歷年以來所積臨摹字幅

賜御等觀之臣士禎得絹素大字一幅共二十七字云

惟正是視玄黄匪慼非禮不覿儀型是則慎爾所覯無愆斯德臨米芾首尾凡小璽三曰淵鑒齋（長寸餘潤八分白文）康熙宸翰（方一寸三分白文）勅幾清晏（方一寸四分朱文）是年七月二十三日恭紀

浙江鄉試廣額既奉

特旨允行順天府府尹錢晋錫上疏以京畿國學首善之地請照浙江例增廣解額禮部覆准順天等府廣額十人國學八人奉天府一人宣化府一人八旗滿洲蒙

古三人漢軍一人共廣額二十人湖廣總督郭琇亦以湖南北地大人衆援例疏請部覆准照浙江例廣十三人可謂一時右文盛事然止順天國學浙湖三直省而他省督撫未及疏請部議遂未之及未免向隅矣至予鄉為孔子闕里所在解額六十名而至聖裔四氏學二人即在解額之内則視他省尤為未均惜無言之者

梵言辟荔猶此言餓鬼出大藏服字函

盤山掘菴智朴和尚自江南還山以滄浪高唱畫冊來索題蓋師訪宋牧仲開府于吳門適朱竹垞彝尊太史自禾中來會于滄浪亭共賦詩見懷而畫史高簡圖之者也宋詩云青溝闢就老煙霞瓢笠相過道路賒攜得一缾豆苗菜菜名出盤山來看三月牡丹花因緣大事公能了潦倒麤官我自嗟好向滄浪亭子上栴檀香裏奉袈裟經行斜日且觀魚黃鳥緡蠻入耳初接席金風舊亭長竹垞懷人蠶尾老尚書阮亭春深玉版容參悟歲晚花宮待掃

除拂子一揮仍小住空林明月暮鐘餘

提督山西學政翰林院侍讀汪灝以大同府人文勝前

疏請撤去門字號照福浙總督侍郎郭世隆三十六年

題請臺灣一府撤去至字號與通省一體匀中之例部

覆得

旨允行

河南巡撫侍郎徐潮疏言二程子後裔五經博士程佳

璠病廢請以其子程舉承襲

明弘治中京口人錢寳者善醫嘗遊齊魯間遇一老僧能卧大雪中雪為不積問其年數百歲矣後至金陵居天界寺撫摩能療諸疾後尹蓬頭客于錢氏錢偶言僧狀尹曰吾師祖也别來久尚亡恙耶已而尹去老僧復至京口錢為述尹語僧曰是吾孫也徐出度牒示錢則唐大中四年所給已八百年矣僧秦人不知名字見外史

唐時升叔達三易集有南翔八老人詩序云南翔里有八老人為社徐爵九十六趙陸九十四陸淙八十五徐

勲張樂俱八十四董儒八十三朱梓八十二陸球八十
一居止不一二里而耄耋相望日杯酒談笑相娱樂誠
太平盛事也詩云白鶴村頭春日曉香霧濛濛百花好
蒼顔素髪八老人花前置酒相傾倒笑説鄰翁學語時
追談邑子知名早不知主客更勸酬爭引曾玄互提抱
今年孟春甲子晴占云麻麥俱豐成坐中祭酒九十六
敬酹社翁肯且清其間迭起拜更祝但願脚健雙眸明
桂林從事八十一只聞唤弟無呼兄南村翳翳桑榆日

出且持杯歸散帙但課兒孫種黍苗何知道士餐芝术
香山居士有遺篇九十不衰真地仙公等康健逢聖世
能無旦莫歌皇天顧炊香飯釀秫酒日奉杖屨長周旋
正嘉遺事多訛謬欲問鑾輿南幸年魏學禮長林片葉
集有九峰青崖先生年一百二十一歲詩尤奇
樂府碧玉破瓜時而談苑載吕洞賓謁張洎贈詩云功
成應在破瓜年洎後以六十四卒破瓜者二八也老少
男女皆可稱破瓜亦奇

山海經云北號之山有木狀如楊赤華其實如棗而無核其味酸甘食之不瘧此即吾鄉之虛中棗也出青城縣漢上林苑有楞棗見西京雜記又東坡有與蒲傳正覓杮霜無核棗帖元遺山有跋見玉堂嘉話

異物彙苑巴旦杏出哈烈國今北方皆有之京師者實大而甘山東者實小肉薄少津液土人賤之不食獨其仁苦可以佐茹

漢上林令所記桃十種有櫻桃含桃含桃即櫻桃且非

桃類

金剛鑽形如鼠糞色青黑如鐵石產西域諸國在鷙鳥海東青所遺糞中以之鐫鏤無堅不破右齊東野語所記或云扶南國剛金能切玉扣以羖角則判張洪使緬録云緬甸地有木曰金剛纂狀如椶櫚枝幹屈曲無葉判以漬水暴牛馬令渴極而飲之食其肉必死此又草木之毒者而名同

京官舊例各衙門稱謂有一定儀注不可那移如翰詹

稱老先生吏部稱選君印君員外以下稱長官科稱掌科道稱道長是也自康熙丙子祭告回京見聞頓異各部司及中行評博無不稱老先生者矣此亦爾不爾之一也

考工記韗人（音運）為皐陶鄭司農注皐陶古木也

徐渭路史一條云唐時高麗貢松烟墨和糜鹿膠造墨名隃糜此說杜撰陋甚按隃糜漢縣名地出石墨即今隴州之汧陽見于漢官儀其來舊矣非始于唐且與高

麗無涉

青藤山人路史云中山酒中山兔毫並是應天府之溧水縣非古中山也不知何据亦出杜撰

高季迪明三百年詩人之冠冕然其明妃曲云君王莫殺毛延壽留畫商岩夢裏賢此三家村學究語所謂下劣詩魔不知季迪何以墮落如此而盲者反以為警策其後有彭三吾者又云畫師休盡殺夢弼要人圖轉入魔道矣又胡虛白詠綠珠云枉費明珠三百斛剃叙那

及嫁梁鴻郎瑛稱之皆所云癡人前不得說夢也若永
叔耳目所及尚如此萬里安能制夷狄所謂詩論亦自
近腐

以詹事府詹事兼侍讀學士徐秉義（前吏部右侍郎）原任翰林
院侍講徐元夢（滿洲人）為順天考試官二君皆癸丑科進
士

郎瑛七修類纂舉東坡跋林和靖詩詩如東野不言寒
書似西臺差少骨以西臺為南唐李建中謬甚南唐

太傅李建勲非建中也建中宋初人為西京御史故稱西臺其書與楊風子先後齊名蘇黄常稱之郎未知耶

剛卯或曰嚴卯見王莽傳或曰毅改音開以見説文玉篇以正月卯日作而佩之服虔云長三寸廣一寸四分晉灼曰長一寸廣五分或用玉或用金予于慈仁寺市中曾見一枚乃以象牙為之八分書六十六字又按後漢輿服志長寸二分方六分諸侯王列侯以白玉中二千石以下黑犀三百石已下以象牙

類纂載武林女子金麗卿詩家住錢塘山水圖梅邊柳外識林蘇郎瑛謂其不能守禮出則擁蔽其面時方食不覺噴飯滿案　又謂謝無逸以胡蝶詩得名號謝胡蝶後李商隱襲其語云云則是以唐人蹈襲宋人矣更可一笑

己卯十一月熊青嶽太宰拜相時宛平胥庭王公為首揆沁州吴公銅川次之而孝感乃故相再入内閣或疑其位次王公云若熊公徑以大學士召還自當為首揆

令以禮書召遷吏書而始大拜是由尚書大拜非以大學士召還也不當讓熊遂次吳而桐城張公敦復又次熊及王公引疾則丹徒張公素存為首揆桐城請告歸矣（熊乃王教習門生也）

御史劉子章條奏外官禁止多帶家口下吏部議督撫止許五十人藩臬四十人道府三十人州縣十五人違例者革職下九卿詹事科道集議予謂自督撫已下皆遞減十人胡為州縣之于道府頓減其半也衆避之乃

定為二十人而女口不與此數違例者止于降級再奏
旨以旗員差多許倍之

辛巳冬杪得倪雲林喬柯竹石小幅澹逸絶塵題字尤古勁真蹟也詩云隱士江陰許士雍鈿山湖裏泊煙蓬秋來鱸鱠蓴羹美亦欲東乘萬里風後署甲辰八月倪瓚雲林故居在厚山地名厚陽

庚辰三月朝陽門外東嶽廟火殿廡皆燼獨左右道院無恙

特發內帑并令在京在外大小官員捐助仍以裕親王
監視之閱歲始畢工
親臨幸馬廟中仁聖帝炳靈公司命君四丞相像皆元
昭文館大學士正奉大夫秘書監卿劉元所塑元最善
摶換之法天下無與比至是皆燬于火
羅泌路史云巢父友許繇樊竪繇居沛澤其道日光堯
朝馬而追之父適聞之洗耳手頼竪方飲其牛乃敺而
還子華注竪字仲父然則洗耳者巢父飲牛者則樊竪

又別自一人妄説紛紛諸子讖緯之書杜撰大抵如此可發一笑

蟲牢地名見春秋其地在今河南之封邱縣然路史雜國名又有蟲氏牢氏蟲氏條下曰邾地後有蟲氏牢下曰古牢子國後有牢氏

武會試舊無廷對臚傳之例有之自明末崇禎辛未科始從考試官方逢年之請也

王孟端仿雲林古木叢篁自跋云幽篁古樹王森森白

石仙人翠作襟夜月幾驚龍虎立秋風時聽鳳凰吟畫圖入思曾飛筆山水留情獨撫琴不是遠尋高士宅何能愜我出塵心又季迪和東山逸叟和青箬谿道人四言一首

壬午順天鄉試五經監生二人一莊令輿江南武進人一俞長策浙江桐鄉人初以違例貼出仍具題請
旨奉
旨俱著授為舉人准會試嗣後願做五經者不必禁止

作何定例九卿等詳議具奏

九月初六日辰刻

文華殿經筵講官禮部尚書韓菼吏部左侍郎傅繼祖

進講四書子路問政子曰先之勞之一節臣刑部尚書

王士禎兵部右侍郎兼翰林院掌院學士法良進講易

經觀乎人文以化成天下一句講畢

賜宴太和門

翰林掌院舊皆以學士兼禮部侍郎滿官漢官皆然自

崑山徐相國以大學士兼掌桐城張相國以禮部尚書兼掌與往例不同然凡啓奏講書等事仍滿前漢後不論所居之本官也令長洲韓宗伯兼掌院事亦然

唐國史補謂漠漠水田飛白鷺陰陰夏木囀黃鸝乃右丞竊取李嘉祐語論者或爲王諱以爲增漠漠四字便是點鐵成金手段此亦囈語然此事往往有之予門人太倉崔舉人華字不雕貧而工詩嘗有句云溪水碧于

前渡日桃花紅似去年時予在廣陵作論詩絶句四十首舉此二句云江南腸斷何人會只有崔郎七字詩後汪鈍翁在京師亦有句云溪水碧于前渡日桃花紅似去年人謂非取崔前語予汪于崔亦前輩也

譚略云劉季緒好詆訶文章掎摭利病徐陵為一代文宗未嘗詆訶作者昔予與故友汪鈍翁在京師鈍翁好詆訶人前輩自龔公芝麓而下無得免者後進以詩文請質亦無恕詞予每勸之故友計甫草東腸序予門人

汪蛟門懋麟集云鈍翁性悁急不能容物意所不可雖百賁育不能搶其口也其所稱述於當世人物之衆不能數人焉阮亭性和易寛簡好奬引氣類然以詩文投謁者必與盡言其得失不少寛假此數語頗得予二人梗槩顧施愚山又嘗謂予公好奬引人物自是盛德然後進之士學未有成得公一言便自詡名士不復虛懷請益非公誤之耶予思其言亦極有理

門人李少京兆子來先復言曩過漢中聞南鄭縣之東有

民家老嫗年百二十歲矣尚强健無恙李自往訪之云晨出往田間栽種未及見

廣州府佛山有諸生黄章者年一百二歲康熙己卯尚入省闈自言吾今科且未中來科百五歲亦未中至百八歲始當獲雋尚有許多事業出為國家効力耳聞近歲已死其言無驗

九月二十五日

車駕南巡視河工

十月初九日夜再雪竟夜積素滿庭晚菊尚敷腴可玩晨起忍寒坐信古堂對雪看菊忽梁溪琴僧岳蓮見過彈平沙落雁漢宫秋二曲古音蕭寥忘其身在長安官是秋曹之長也作二詩紀事

臺灣古荒服在福建東南大海中西界于漳南鄰于粵北與閩安相直其水道則東連日本南鄰琉球暹羅吕宋荷蘭諸國其沿革莫得而詳也明嘉靖四十二年流寇林道乾作亂都督俞大猷勦之追及澎湖道乾遁入

臺灣大猷不敢偪留偏師駐澎湖島時哨鹿耳門外徐俟其㪚道乾遁往占城道乾既去澎湖駐師亦罷天啓改元有顏思齊者為日本國甲螺猶頭目也引倭屯歸一王屯臺灣閩人鄭芝龍附之始建安平鎮城既而荷蘭國人舟遭颶風至此愛其地借居之遂有倭約盡有臺灣之地而歲輸鹿皮三萬荷蘭國人善火器其居臺灣也以夾板船為犄角雖兵不滿千南北土酋咸畏之又建赤嵌城以居順治庚寅日本甲螺郭懷一謀逐荷蘭人

事覺懷一被殺于歐汪（在今鳳山縣界）辛丑鄭成功自江南敗歸勢日蹙頓軍厦門適日本甲螺何斌與荷蘭酋長隙潛誘成功進取臺灣鹿耳門詰屈回旋沙浮水淺猝難飛渡成功舟至水忽漲十餘丈巨艦縱橫畢濟遂克臺灣荷蘭國人與成功戰不利退保安平鎮城其酋歸一王以死拒之成功立攻不克乃環山列營以困之荷蘭人勢窮以十餘艘決戰成功用火攻盡焚之荷蘭人適歸其國成功既有臺灣以赤嵌城為承天府改臺灣土

城為安平鎮總名曰東都未幾成功死其子經居鷺江即令厦門成功弟世襲陰有竊據意經攻逐之世襲渡海來歸經僭立改東都曰東寧改縣曰州設安撫司三南北路澎湖各一辛酉經死子克塽嗣康熙二十一年壬戌福建總督姚啓聖用間諜陰結傅為霖為内應事洩為霖遇害明年癸亥靖海將軍施烺奉命率舟師進討六月自銅山抵澎湖入旱灣連克虎井桶盤諸嶼誓師戒嚴鄭克塽奉表降

詔赴京師隸旗下于其地設臺灣府統臺灣鳳山諸羅
三縣隸福建布政使司云
十月二十七日
車駕回
宮
御賜内直吏部尚書陳廷敬副都御史勵杜訥右諭德
查昇各松花江石小研一方色澹緑如洮石腹有
御書研銘八字云以靜為方是以永年繼又

賜大學士張玉書吳琠熊賜履工部尚書王鴻緒各一
方鴻緒所得有倭漆研匣匣中有
御用墨四笏時十一月偶
召張及王入
南書房編次
御書得
賜因及吳熊二公云
駕在德州

賜致仕在籍户部左侍郎田雯寒緑堂扁額原任翰林
侍讀蕭惟豫編修田需亦蒙賜
御書各一幅
召户部郎中陳奕禧入
南書房
命書大小字各三幅
賜御書
御製塞上詩一幅詩云半嶺黄雲合風悲鼓角聞野獮

沙草外落日自成羣

御製宋高祖父母之仇終身不報論

命大學士熊賜履禮部尚書韓菼

内直吏部尚書陳廷敬右諭德查昇同作又

命浙江舉人查慎行原名嗣璉等同作進

呈

詔蠲甘肅等處地方四十一年四十二年錢糧江南上

江下江四十二年錢糧

十二月諸王内閣九卿翰詹卿寺科道請上
尊號奉
旨朕即位四十餘年未嘗少刻不以民生休戚為念遠
邇安靜為本雖或慶雲景星嘉禾瑞草天書麟鳳之奇
總無關于黔黎亦無關于朕心反為史書之譏朕以實
心為民天視天聽故有其道難免後人公論若耀功德
取一時之虛名朕之不悦甚矣毋煩數陳
上召海寧舉人查慎行武進舉人錢名世長洲監生何

焯休寧監生汪灝于
南書房屢試詩及制舉文
特賜焯灝舉人明年一體會試
考試新差提督各省學政翰林侍讀學士張廷樞等郎
中翁嵩年等十一人于
南書房稱
旨人賜
御書一幅八股題夫子循循然善誘人一節詩題恭和　御製考試嘆

壬午冬

駕歸自德州考試

内直諸詞林官至二十二日封印後一日始畢定一等

十人侍讀學士陳元龍等二等若干人其三等五人調

知縣用諭德王化鶴中允吴晟修撰戴有祺辛未狀元檢討

趙爾孫吴文炎

命吏部右侍郎吴涵兼掌翰林院事

山行慮迷握嚮蟲一枚于手中則不迷見物類相感志

前輩集中作嚮言取此

明文士如桑悅祝允明皆肆口横議略無忌憚悅對邱文莊言舉天下文章惟悅其次祝允明世但嗤其妄人耳允明作罪知録歴詆韓歐蘇曽六家之文深文周内不遺餘力謂韓傷易而近儇形麤而情覇其氣輕其口誇其發疎躁歐陽如人畢生持喪終身不被衮繡東坡更作儇浮的為利口譁犢之氣肆溢舌表使人奔迸狂顛而不息曽王既脱衣裳并除爪髮譬之獸齧腊骨至

于老泉頻濱秦黄晁張則謂不足盡及惟栁如冕裳佩玉猶先王之法服乃其大旨則在主六代之比偶故實吁亦鄙而倍矣論唐詩人則尊太白為冠而力斥子美謂其以村野為蒼古椎魯為典雅麤獷為豪雄而總評之曰外道李則鳳凰臺一篇亦推絶唱狂詩至于如此醉人罵坐令人掩耳不欲聞論詩餘則專祖太白飛卿稍許歐晏周栁以為綴旒謂東坡木强疎脱少游魯直特市廛小家之子略舉大端如右所謂無忌憚者不足

置辨也

西園雜記記明大臣壽考者自王端毅公魏文靖公而下十三人而不及雒陽劉文靖公晦菴文靖壽九十餘近百歲又弘正名相也何獨遺之

釋氏言羝羊挂角無跡可求古言云羚羊無些子氣味虎豹再尋他不著九淵潛龍千仞翔鳳乎此是前言注脚不獨喻詩亦可為士君子居身涉世之法

大竹破山和尚天童密弟子也蜀亂後居萬峰賊李鷂

子者殘忍嗜殺延師供養請肉食師曰公不殺人我便食肉李笑而從之全活無算師蹇姓忠定公之裔孫也鄭端簡云十哲陳蔡一時與難之賢非孔門定論自開元至今無敢議者夫有若之言四見于論語大類聖人公西赤志于禮樂有為邦之才不遠優于宰我冉求乎求我言行不必徵諸史傳論語中多有之矣其視二子優劣何如宜進祀二子于殿上改求我于廡中右與予官祭酒時具疏大意略同惜為友人中阻疏不果上即

當時禮部未必果行要當存此一段公論于天下後世耳予至今悔之

皮日休本字逸少後字襲美見北夢瑣言

康熙乙丑夏予使粵東還便道遊廬山宿開先寺覯陽明先生石壁大書紀功碑末云嘉靖我邦國若前知世宗入繼大統者按碧里雜存陽明既平田州之亂先是州有巨石側卧江滸舊有童謠云田石傾田州兵田石平田州寧岑猛惡之夜遣人平之明復如故先生定亂

後其石即平先生自往觀之洗剔苔蘚有古刻新建伯三大字異之遂續加九字并刻于石云嘉靖歲戊子新建伯王守仁又記先生習静陽明洞預知門人朱白浦蔡我齋入山事中庸云至誠之道可以前知陽明其庶幾乎

樂郊私語云海鹽少年多善歌蓋出于澉川楊氏其先人康惠公梓與貫雲石交善得其樂府之傳今雜劇中豫讓吞炭霍光鬼諫敬德不伏老皆康惠自製家僮千

指皆善南北歌調海鹽遂以善歌名浙西今世俗所謂海鹽腔者實發于貫酸齋源流遠矣

香祖筆記卷一

欽定四庫全書

香祖筆記卷二

刑部尚書王士禛撰

異物類苑云山都人面黑長身有尾踵見人則笑笑則上脣掩目按諸書言人都烏都豬都皆不爾此乃誤以狒狒為山都耳

僅字有少餘二義唐人多作餘義用如元微之云封章諫草繁委箱笥僅逾百軸白樂天哭唐衢詩著文僅千

首六義無差忒小説崔煒傳大食國有陽燧珠趙佗令
人航海盜歸番禺僅千載矣甘澤謠陶峴傳浪跡怡情
僅三十載摭言曲江之晏長安僅于半空玉壺清話南
唐先主傳吳越災遣使啗之賚弩幣糧鎰僅百餘艘之
類至宋人始率從少義迄今沿用之
令狐子先安陸高士予嘗著之古懽録矣王彦輔麈史
載其著書甚多有萬卷録易説精義晉年統緯世惣樂
要注黙書讒髓琴譜兵途要轄等若干卷又云令狐先

生卒阮逸天隱表之林逸書孟逸篆額號三逸碑
南齊侍中庾杲之家貧每食生韭熟韭韭葅時人為之
語曰孰謂庾郎貧每食二十七種後魏陳留侯李崇為
尚書令性儉恡食止韭葅其客李元佑戲語人曰李令
公一食十八種問其故荅曰二九一十八二事極相似
梅村詩話云嘗與陳卧子共宿問其七言律詩何句最
為得意卧子自舉禁苑起山名萬歲複宮新戲號千秋
一聯然予觀其七言殊不止此如九龍移帳春無草萬

馬窺邊夜有霜左徒舊宅猶蘭圃中散荒園尚竹林禹陵風雨思王會越國山川出霸才石顯上賓居柳市竇嬰别業在藍田七月星河人出塞一城砧杵客登樓四塞山河歸漢闕二陵風雨送秦師諸聯沉雄瑰麗近代作者未見其比殆冠古之才一時瑜亮獨有梅村耳

彈棊之戲始見西京雜記後漢梁冀傳注稍詳之似近投壺而其製不傳今人詩多以奕棊當之可發一笑王建宮詞云彈棊玉指兩參差背局臨虛鬭著危先打角

頭紅子落上三金字半邊垂讀之亦不能通曉也

揮麈新談記費鵝湖初第謁彭文憲文憲曰殿上金堦滑須慢慢行吾鄉高念東侍郎珩有句云金堦路滑且徐行本此

唐蕭倣咸通四年知禮部貢舉責授蘄州刺史有與浙東鄭大夫書云韓綰即文公之孫柳告是柳州之子鳳毛殊有兩名字陸沉皆倣是年所舉士也

千里馬人皆知之王兆雲胡海搜奇載陜西民家有千

里驢腰有腎六又張翁言有友人省親山東親家以一驢至曰此千里驢也乘之倏忽抵家

唐人五言絶句往往入禪有得意忘言之妙與淨名默然達磨得髓同一關捩觀王裴輞川集及祖詠終南殘雪詩雖鈍根初機亦能頓悟程石臞有絶句云朝過青山頭暮歇青山曲青山不見人猿聲聽相續予每嘆絶以為天然不可湊泊予少時在揚州亦有數作如微雨過青山漠漠寒煙織不見秣陵城坐愛秋江色青山蕭條

秋雨夕蒼茫楚江晦時見一舟行濛濛水雲外（江上）雨後明月來照見下山路人語隔溪煙借問停舟處（惠山下鄒流綺過訪）山堂振法鼓江月掛寒樹遙送江南人雞鳴峭帆去（焦山曉起送崑崙還京口）又在京師有詩云凌晨出西郭招提過微雨日出不逢人滿院風鈴語（早至天寧寺）皆一時佇興之言知味外味者當自得之

南昌陳士業（弘緒）言嘗登泰山日觀峰四更起候日出見霞彩萬道碧綠交加有赤盤從中涌出晃漾乃定久之

乃成日輪因悟氣至此始聚而為日日生一日非以昨日之日復為今日之日也新吳宋長庚亦有此論此說甚奇山海經云羲和二國名每日出二國人為御推升太虛語尤荒誕可笑

七言律聯句神韻天然古人亦不多見如高季迪白下有山皆遶郭清明無客不思家楊用修江山平遠難為畫雲物高寒易得秋曹能始春光白下無多日夜月黃河第幾灣近人節過白露猶餘熱秋到黃州始解涼瓜

步江空微有樹秣陵天遠不宜秋釋靈徹一夜花開湖上路半春家在雪中山皆神到不可湊泊

錢武肅王目不知書然其寄夫人詩云陌上花開可緩緩歸矣不過數言而姿制無限雖復文人操筆無以過之東坡演之為陌上花三絕句云陌上花開胡蝶飛江山猶是昔人非遺民幾度垂垂老遊女還歌緩緩歸五代時列國以文雅稱者無如南唐西蜀非吳越所及賴此一條足以解嘲

韓蘇七言詩學急就篇句法如鵜鶘鷹鵰雉鵠鶡騅駓駰駱驪騮驃等句予既載之池北偶談近又得五言數語韓詩蚌螺魚鼈蟲魚全鰻鱣鮎鯉鰌鸂鶒鴿鷗鳧蔡襄弓刀甲盾弩筋皮毛骨羽然此種句法間作七言可耳五言即非所宜解人當自知之

武林女子王倩玉貌甚美而工詩詞已字人矣悅其中表沈生遹聲而越禮焉母家訟于官杭守弋珽斷離鸞于駐防旗下沈百方贖歸復爲沈生一女而死傳其寄

沈長相思一闋云見時羞别時愁百轉千回不自由教
奴怎罷休懶梳頭怯凝眸明月光中上小樓思君楓葉
秋雖淫奔失行其才慧亦尤物也
癸未正月十六日
大駕南巡視河工
上諭官民人等及革職降級官員贖罪人犯願赴山東
被災地方泰安州沂州新泰蒙陰郯城等縣賑濟饑民
者列名以聞事畢議叙

會試總裁官東閣大學士兼禮部尚書熊賜履吏部尚書陳廷敬吏部右侍郎兼掌翰林院事吳涵禮部右侍郎許汝霖

本朝惟高陽李文勤公三典會試令孝感熊公以癸丑甲戌丁丑庚辰癸未五典會試澤州陳公以壬戌辛未癸未亦三典會試可謂盛事按明二百七十年惟金谿王公英永樂戊戌宣德庚戌正統壬戌三典會試耳

臺灣風信與他海殊異風大而烈者為颶又甚者為颱

颶倏發倏止颱常連日夜不止正二三四月發者為颶五六七八月發者為颱九月則北風初烈或至連月為九降過洋以四七十月為穩以四月少颶七月寒暑初交十月小春天氣多晴暖故也六月多颱九月多九降最忌颱颶俱多挾雨九降多無雨而風凡颱將至則天邊有斷虹先見一片如船帆者曰破帆稍及半天如鱟尾者曰屈鱟土番識風草草生無節則一年無颱一節則颱一次多節則多次颶之名以時而異正月初四日

曰接神颶初九日曰玉皇颶十三日曰關帝颶念九日曰烏狗颶二月二日曰白鬚颶三月三日曰上帝颶十五日曰眞人颶念三日曰馬祖颶眞人多風馬祖多雨已上春三月共三十六颶此其大者四月八日曰佛子颶五月五日曰屈原颶十三日曰關帝颶六月十二日曰彭祖颶十八日曰彭婆颶念四日曰洗炊籠颶七月十五日曰鬼颶八月一日曰竈君颶十五日曰魁星颶九月十六日曰張良颶十九日曰觀音颶十月十日曰水仙王颶

念六日曰翁爹颶十一月念七日曰昔菴颶十二月念四日曰送神颶念九日曰火盆颶念四日已後皆曰送年風按升菴先生云颶當作䫻音貝

鳳山縣有薑名三寶薑相傳明初三寶太監所植可療百病

諸羅縣番首名大眉者每歲東作時諸番請其出射射所及之地稼輙大熟號靈箭

正月二十七日前少傅兼太子太傅保和殿大學士兼

禮部尚書王熙卒公禮部尚書文貞公崇簡長子也順治丁亥進士父子同官禁林又同為學士康熙壬戌以兵部尚書大拜居政府者二十年辛巳以病予告至是卒年七十六

賜謚文靖

王文貞公六子長熙保和殿大學士禮部尚書次燾桃源縣知縣次然廣西布政使司布政使次照浙江金華道參議次燕貴州巡撫都察院副都御史次默刑部郎

中闈閱之盛時無其比

二月二十九日放榜會元王式丹（江南寶應人）

康熙中以尚書拜相者或進部銜如宛平王胥庭（熙）相國以司馬大拜而進兼禮部尚書京江張素存（玉書）相國以宗伯大拜而進兼戶部尚書是也其後吳沁州銅川（琠）以刑部尚書大拜止兼本部

浙江巡撫張泰交以士民公籲請前巡撫陞浙閩總督謚忠貞范承謨春秋特祀允行

湯調鼎淮之清河人順治初進士著辨物志議論多發人神智偶筆其記人參二則于此隋高祖時上黨民宅後聞人呼聲求之得人參一本根五尺餘具體人狀占者謂晉王陰謀奪宗故妖草生予曰非妖也人參如人形者食之得仙根至五尺而具人狀蓋歲久神靈之物而上黨又人參之所出惜時無張華其人故其物不著而以為陰謀奪宗之應文帝以丞相僭帝位何嘗不以陰謀得哉又御覽云人參千歲為小兒枸杞千載為犬

予按參以人名伏土歲久而具體人狀氣類神靈之感無足怪者枸杞字不從犬何以歲久為犬廣韻云春名天精子夏名枸杞秋名却老根冬名地骨皮是枸杞特四名之一考山海經建木上有九欘下有九枸枸根盤錯也與犬義絕不相涉使枸杞而為犬天精却老地骨皮又何化乎人參譜

呂與叔記二程子語云今日釋氏未消理會大患者在介甫之學譬之盧從史在潞朝廷將討之當時便使一

處逐節度使朝議欲討之而李文饒之意必欲先討潞州則不必治彼而自敗今日却要先整頓介甫之學壞了學者

程子云詩小序必是當時人所傳國史明乎得失之迹者是也不得此何縁知此篇是甚意思大序則是仲尼所作要之皆得大意朱子學宗二程于詩序獨不然何也

伯淳道君實語自謂如人參甘草病未甚時可用病甚

則非所能及愚謂熙寧之病已甚矣温公一出而立起
膏肓天下咸如更生天不祚宋遂使公年不永豈云非所及哉
三月十五日
上南巡視河回
宫内閣九卿迎
駕于南海子西紅門
四川巡撫貝和諾請復設蜀省五十七學學官下禮部
議覆得

俞君宣行

謝在杭肇淛小草齋詩話殊多憒憒啓發人意處絕少如云詩境貴虛故仙語勝釋釋語勝儒夫仙語如步虛辭等最易厭釋語入詩最近雅令乃反之豈非强作解事者惟所云王右丞律選歌行絕句種種臻妙圖繪音律獨步一時尤精禪理晚居輞川窮極山水園林之樂唐三百年詩人僅見此耳如云明詩遠過于宋又云本朝僅數名家力追上古然刻畫摹擬已不勝其費力矣

其他作者雖復如林上乘雋語人不數篇要其究竟尚不及宋宋人有實學而本朝多剽竊故也右二條自相矛盾當以後論為允又云國初詩林鴻高啓尚矣鴻一意盛唐而啓雜出元白長吉夫鴻之為盛唐贋鼎耳安得與啓並稱而且語有軒輕此真齊人之知有管晏而已又云李西涯樂府野狐外道夫西涯樂府雖變體自是天地間一種文字弇州晚年尚爾服膺遽斥之為野狐外道可乎約略駁正數端以例其餘至外篇新篇以

下多載晚唐五代宋元詩無可采者正與劉後村詩話
同耳
三月十八日
萬壽節大赦天下
十九日赴暢春苑啓奏刑部釋放囚犯八百餘人是日
請
旨
御批又減等二十一人

二十六日巳刻文華殿經筵滿禮部尚書席爾達漢禮部尚書韓菼進講知者樂仁者壽二句滿吏部左侍郎傅繼祖漢詹事府詹事徐秉義進講易經其德剛健而文明三句講畢

賜宴太和門

上南巡畿輔在籍諸臣迎

駕

詔復原任禮部右侍郎田種玉國子監司業劉芳喆御

史弋英原官至江南

詔起用原任河南巡撫侍郎顧汧翰林編修楊瑄加檢

討尤侗侍講復內閣學士盧琦諭德秦松齡檢討潘耒

徐釚馮勗御史吳震方等原官

特賜江南舉人汪灝何焯蔣廷錫三人與癸未科會試

中式舉人王式丹等一體

殿試

宋中丞牧仲得王介甫唐百家詩選殘本自第五卷王

昌齡李頎起至第八卷錢起盧綸司空曙止又自十三卷王建起建詩二卷逸上卷至十六卷許渾止中間第六卷沈千運已下全取元次山篋中集而益以李嘉祐等七人通三十八家蓋亦詳于中晚而略于初盛宋人選唐詩大概如此意初唐盛唐諸人之集更五代亂離傳者較少故也牧仲謂今所傳十卷是韋安楊蟠所改竄非介甫元本此雖闕本而真面目尚在山陽閻百詩若璩云曾見閩賈持翻刻本止二十卷惜無從覓之近牧仲有書

至云已購得全本方刻之吳門云

三月二十五日

特命皇長子臨故少傅大學士王熙之喪拜奠舉哀

特恩異數都人驚傳以為未嘗有也

上諭以

世祖皇帝舊臣故加殊禮内閣部院諸臣公疏謝

恩報聞

四月初四日

殿試初七日傳臚狀元王式丹（會元）江南寶應人榜眼趙
晉福建閩縣人探花錢名世江南武進人是科以違式
黜者三人（吳時寬沈淇雷尊）
十五日引見癸未科進士選汪灝等四十九人為庶吉
士與鼎甲三人同入館讀書
十二日在暢春苑
御試庚辰科鼎甲汪繹等及庶吉士十七日
命下留館授職者十三人顧圖河（甲戌一甲第二）汪繹李愈皆

鼎甲餘庶吉士滿漢共十人戊辰庶吉士梁佩蘭張尚瑗辛未庶吉士狄億皆外用外用者共三十一人

東閣大學士兼吏部尚書熊賜履以老病請告允之仍令居京師備

顧問

以吏部尚書陳廷敬為文淵閣大學士兼吏部尚書

以副都御史勵杜訥為刑部右侍郎刑部侍郎金璽以前任湖廣巡撫紅苗事調用

以直隸巡撫兵部侍郎李光地為吏部尚書仍管巡撫事

鄞縣同年史及超少宗伯前身為僧大成予既書之池北偶談第二十六卷癸未二月與同年屠少司馬芝岩粹忠會于僧舍屠亦鄞人也因訊及史事屠言其邑人戎通叅上德前身亦僧也嘗以鐵鍊鎖項募緣市中通叅之父戎翁者嘗施齋供與之善後僧化去而通叅以是日生亦夢僧入其室按宋相史彌遠乃覺長老後身即

宗伯之先也

唐武后遊石淙倡和詩首御製自皇太子相王以下和者十六人相王之後次梁王武三思次內史狄仁傑次奉宸令張易之麟臺監中山縣開國男張昌宗又次鸞臺侍郎李嶠鳳閣侍郎蘇味道夏官侍郎姚元崇奉宸大夫汾陰縣開國男薛曜書久視元年五月刋于平樂澗之北崖諸詩惟李嶠沈佺期二篇差成章餘皆拗捩可資笑柄耳黄岡葉井叔封知登封縣撰嵩陽石刻集

記始著録之而删去九首不為無見而朱竹垞太史憾其闕略以得覩全碑為喜則亦好奇之過也當北朝淫昏之世二張每侍行幸預倡和已令千古齒冷而列銜于李嶠蘇味道輩之前諸人亦俯首甘之當時君臣上下豈復知有羞惡之心哉

文海披沙記筆之異者鍾繇張芝王右軍皆用鼠鬚歐陽蘭臺用貍毛為心蕭祭酒用胎毛為柱張茂先用鹿毛陶隱居用羊鬚鄭虔謂麝毛一管可書四百紙貍毛

可書八百紙又有豐狐蚼蚙龍筋虎僕及猩猩毛狼毫雖奇品而醇正得宜不及中山兔毫若淇源之鴨毛雀雉毛但取五色相間為觀美耳今吳興兔毫佳者直百錢羊毫僅二十分之一貧士多用之然柔而無鋒藏毬循欲取貂鼠毛為之輔以兔毫謂鍾王所用鼠鬚必此也然稍肥舉落運用不如人意已止謝在杭所記備矣

近日湖州專用羊毛殊柔輭無骨形貌亦醜貂鼠珍貴專為貴人裘帽之用筆工當何從購之

李滄濵食饅頭欲有葱味而不見葱唯蔡姬者所造乃食其法先用葱不切入餡而留饅頭上一竅候其熟即拔去葱而以麪塞其竅此謝在杭文海披沙所載即所謂蔡姬典盡舊羅裙者也

揚州銀杏樹内有觀音大士像寧波洛迦山石有大士竹林鸚鵡像予皆載之池北偶談閱文海披沙一則云永州蘇山多石淋以水鋸破中有觀音彌勒寒山拾得等像西方聖人神道設教理或然也

吾鄉風雅盛于明弘正嘉隆之世前有邊尚書華泉後有李觀察滄溟滄溟集盛傳于世華泉集一刻于胡中丞可泉再刻于魏推官允孚又逸稾六卷刻于王方伯桃溪又有李中麓太常選本山西臺察趙侯齋刻于太原予所及見者前三本而中麓選本獨未之見諸本亦漸就漸滅矣康熙己卯予乃選刻于京師凡四卷予兒啓涑以予私淑先生之切也移書宗姪華訪其後裔久之華乃詳其家世報涑曰先生二子長子翼以廕官光禄寺

丞其後無聞次子習歷城諸生字仲學號南洲有詩名
習子治禮治禮子節節子庶皆以諸生奉祀事庶子材
材子紹祖自先生至紹祖凡七世其家尚有先生畫像
云先生祀郡邑鄉賢其奉祀至材始失之材今年老為
人佃田紹祖始十餘歲亦失學傭工辛巳予假歸涑乃
為予述之而濟南諸生某某以書導材攜紹祖及先生
畫像謁予里第比予過郡因與廵撫王中丞東侯提學
徐僉事章仲備言先生名德而後裔僅有存者遂以紹

祖奉先生祀焉先生墓在萊莊亦芊云

黄子鴻名儀常熟人隱居博學工書法予刻漁洋續集將仿宋槧苦無解書者門人崑山盛誠齋侍御符升聞子鴻多見宋刻獨工此體因禮致之子鴻欣然而來都無厭倦令續集自首迄尾皆其手書也尤工小詞有句云井桐休放月痕來玉階剛卧金鈴犬人多稱之

安邱劉憲石相國正宗好為詩嘗賦從軍行云匣裏雙雄劍腰間兩石弓蓬蒿真浪死何必怯遼東後竟以事隸

旗下人以為詩讖

江南蘇松糧儲道參議馬逸姿疏言臣父琠原任永嘉縣知縣康熙十三年值逆藩耿精忠之變與温處道臣陳丹赤恪守臣節同時殉難荷蒙

皇恩矜恤屢下

温綸從優議叙贈臣父浙江布政使司參政廕一子入

監併

賜葬祭康熙三十六年撫臣疏請于温州府建雙忠祠

復荷
俞允先是三十五年丹赤蒙
特恩賜謚三十八年
皇上南巡幸浙丹赤子湖州府知府一夔恭迎
聖駕復荷
軫念
御書扁額懸之忠祠榮被萬世臣父璟殉難與丹赤同
時

賜祠又復同祀仰懇
皇上破格一體
賜謚賜額昭垂萬世云云禮部議覆奉
旨馬琿著與謚旋
賜謚忠勤
狴犴二獸名秉心忠直令承天門內華表頂上者是又衡輝府前石亦是按此亦蒲牢贔屓蚩吻睚眦之屬而龍生九子不載其名

世傳羿妻奔月謂之嫦娥亦曰蟾蜍又酉陽雜俎月中有一人斫桂樹名吳剛又云月中仙人名宋無忌何月中人物之紛紛耶又鬱華一名鬱儀奔日之仙結璘奔月之仙見七聖記

鈕玉樵琇云有王秋山者工為挐畫凡人物樓臺山水花木皆于紙上用指甲及細針挐出設色濃淡布境淺深一法古名畫按挐當作巩音築字書以手挐物也近閨中有織畫乃破紙為條織成之山水人物花鳥布置

設色種種臻妙與刺繡無異亦奇技也

南海友人陳元孝恭尹作狨賦其文甚工予按陸佃云狨尾作金色俗謂金線絨一名猱猱獮猴也楚人謂之沐猴甚愛其尾毛柔長可藉宋制官二品狨坐不言食猴又按石⿰犭匊獸名食猴則元孝之賦當作石⿰犭匊為是⿰犭匊音菊異物類苑云⿰犭匊如師子蒼黑色瞋目聳耳出武當山

又黃山志盧狄似穿山甲而無鱗嗜猿及蜂每呼羣猿至羅跪于下擇肥者以木葉覆其頂而食之

山海經何羅魚出譙明山譙水中聲如吠犬食之已癰今登萊海上三月何羅魚始至味甚美即寧波之鰲也

谷音三卷皆宋末人詩上卷王澮以下凡十人率任俠節義之士下卷詹本以下凡十五人則藏名避世之流也番陽布衣瀟湘漁父以下五人不可得其姓字要之皆宋之逸民也其詩慷慨激烈古澹蕭寥非宋末作者所及是時謝臯羽林霽山輩皆以文章節義著于東南而又有此三十人者與之遥為應和亦奇矣此書毛氏

汲古閣本與月泉吟社合刻最工七友施愚山備兵江西又嘗刻之清江蓋杜清碧其郡人也適見黄少司馬雪洲集記此書初得之臨淮顧德先氏後又見江西刻本多帝虎陶陰之憾間託南都博洽之士是正稍復其眞虞部主事吳時冕見而愛之遂刻諸眞州分署以傳知弘正以來此書蓋不一刻矣集中諸人本末各有耿耿不没者宜有神物在在護持之也黄名瓚字公獻揚之儀眞人

五月十五日
朝退
御乾清門
賜滿漢大學士尚書侍郎
御書扇各一士禎得
御製虎邱五言律詩一首前有暢春小印後有康熙宸翰搘古右文二印
袁海叟詩集若干卷康熙壬午雲間門人周庶常彝策
銘所寄鈔本用羅紋箋寫之甚工有大復空同二序陸

儼山序又董宜陽題編首謂海叟手定國初刻于張氏者久燬儼山編次為別本而陸序云海叟集舊有刻又別有選行在野集者暇日與獻吉共讀之又刪次為令集云按明初詩人共推高季迪為冠而大復獨以海叟為冠空同許為知言令讀其詩古詩學魏晉近體學杜皆具體而微耳遽躋之青邱生之列未免失倫故予謂從來學杜者無如山谷山谷語必己出不屑裨販杜語後山簡齋之屬都未夢見況其下如海叟者乎

詩小序必不可廢古今通儒論皆如此然如郝楚望之每一詩必駁朱注亦自不可常熟顧大韶仲恭欲刋定一書用毛傳為主毛必不可通然後用鄭毛鄭必不可通然後用朱毛鄭朱皆不可通然後綱羅羣說而以己意折衷之嚴粲詩緝作于朱注之後獨優于諸家大全之作敷衍朱注全無發明用覆醬瓿可也此論最為公允

益都孫文定公沚亭廷銓嘗撰顏山雜記四卷極稱簡核

然于建置設官緣起猶未詳按黄瓚雪洲集議礦盜一疏是瓚巡撫山東時所奏略云臣會同鎮守太監黎鑑巡撫山東監察御史王相徐冠議照御盜之法本非一端要在𧗠以防之令以禁之嚴逐捕以銷之足衣食以安之而已前項礦賊勢雖頗衆其初實倡於一二不逞之徒而市井無賴與凡窮困無聊者遂相率而從之臣等查得青州府益都縣去郡二百餘里地名顏神鎮土多煤礦利兼窰冶四方商販羣聚於此其中實有不逞

之徒此巡海道副使潘珍先有開立縣治之議今有特設通判之請固欲得其要害而治之誠有見也但鄰近州縣復多徒黨亦未得專事乎此而遽遺於彼也合無准照副使潘珍及左布政使姚鏌右布政使盛應期按察使王泰署都指揮僉事馬愷分守左參政許淳分巡僉事魯鐸所議於益都縣顏神鎮地方聽令壘石為堡建立府館一所添設捕盜通判一員許其兼制前項鄰近州縣舊有礦洞不時巡察新編總甲嚴為約束操練

弓兵民快人等遇有盜賊小則密謀發卒以收掩捕之
效大則移文糾衆以成合擊之功務在斷絕奸萌毋令
復相乇聚示已往于不究開方來以自新則賊黨自此
可消矣云云紀略以為正德十二年巡按御史黄某奏
請兵部覆准蓋未詳也但黄疏有聽壘石堡之語而顔
城賓嘉靖三十六年王弇州世貞兵備青州時建則正
德中止設官而未建城耳
黄雪洲同畢嘉會送馮憲副還浙一首廣陵淹畢誠越

山老馮唐兩賢師友間力障波瀾狂翩翩遊子衣獨與朔雁翔汲古尚董井銷䰟更雷塘胡然歌式微絲服戀故鄉驚心濟南叟桃李空門墻江蘺未堪折遠思憑誰將嘉會吾邑大司空畢公亨也公官兩淮運使為茶陵李相所重卒為名臣止從釣臺集得其一詩餘不槩見偶閱黄集録之備公故事云

余自少年與先長兄考功同上公車每停驂輟軛輒相倡和書之旗亭驛壁率不留稿諸同人見之者後在京

師往往為余誦之恍如昨夢近見吳江鈕玉樵琇觚賸亦載余逸句因憶丙午自里中北上戲題德州南曲律店壁一絕云曲律店子黄河厓亦地名朝來一雨清風霾青松短壑不能住騎驢又踏長安街語雖詼嘲不足存亦小有風趣聊記于此

令京師宴席最重鹿尾雖猩唇駝峰未足為比然自唐已貴之陳子昂麈尾賦云卒網羅以見逼受庖割而罹傷豈不以斯尾之有用而殺身于此堂為君雕俎之羞

厠君金盤之賫云云若六朝已來則以麈尾為談柄耳未聞充盤俎也耶律楚材西域詩亦以鹿尾駝蹄作對

韓宗伯菼所居在宣武門外與胡侍講任輿為鄰韓逝未浹月胡亦病卒胡甲戌狀元也乙丑狀元陸侍講肯堂先卒于此宅陸是科會元胡甲子江南解元皆兩輪元樊川詩云家住城南杜曲旁兩株仙桂一時芳禪師都未知名姓始信空門意味長諒哉

括異志述吴地記云昔有金牛糞金村民皐伯通逐之

牛入山穴山頹兄弟皆死妄語無稽豈又一金牛耶又一皋伯通耶吳地記又云漢議郎皋伯通字奉卿卒葬胥門號伯通墩則伯通非村民又不死于山矣

古今論世者以尹吉甫為名臣徒以伐獫狁及崧高烝民韓奕江漢四詩耳吾獨疑吉甫惑後妻之言至使其子伯奇衣苔帶藻作履霜之操此與晉獻驪姬之事何異夫不能齊家而妄稱之曰萬邦為憲吾不信也其猶後世詞人之謏韓侂胄賈似道者動以伊周擬之其又

足信乎

姚士麟叔祥言曽見趙松雪自書家用薄運筆精妙凡養蠶種桑等事與今不殊惟用麫作食及烏豆之類動至百斤百石耳

姚叔祥又言海鹽有優兒金鳳以色幸于嚴東樓非金則寢食弗甘金既衰老而所謂鳴鳳記盛傳于時于是金復塗粉墨扮東樓馬此一事較侯方域馬伶傳更奇

見只編云蘭谿魏某嘗客華州王槐野祭酒家見架上

有夏國書凡閱三句始遍則此書較契丹志金志袠裒尤多矣右二志予皆有鈔本夏國志則世罕知之

明代自南部入閣者甚少惟萬歷丁未葉文忠向高以南京吏部侍郎徑授禮部尚書東閣大學士文忠是時年四十九

鄭端簡古言云永叔毀繫辭君實詆孟子安石非春秋二程子改古大學晦菴不用子夏詩序皆不可解

香祖筆記卷二

欽定四庫全書

香祖筆記卷三

刑部尚書王士禎撰

陳子昂文集十卷詩賦二卷雜文八卷與陳士别傳及經籍志合子昂五言詩力變齊梁不須言其表序碑記等作沿襲頹波無可觀者第七卷上大周受命頌表一篇大周受命頌四章曰神鳳曰赤雀慶雲甿頌其辭諂誕不經至云乃命有司正皇典恢帝綱建大周之統歴

革舊唐之遺號在宥天下咸與維新賜皇帝姓曰武氏

臣聞王者受命必有錫氏軒轅二十五子班為十二姓

高陽才子二八名為十六族故聖人起則命歷昌必有

錫氏之故云云集中又有請追上太原王帝號表太原

王者士彠也此與揚雄劇秦美新無異殆又過之其下

筆時不知世有節義廉耻事矣子昂真無忌憚之小人

哉詩雖美吾不欲觀之矣子昂後死貪令段簡之手殆

高祖太宗之靈假手殛之耳

特加在籍原任刑部侍郎任克溥尚書銜任聊城人順治丁亥己丑進士尋卒

予奉使廣州屢見紅鸚鵡又有五色者尤珍麗姚旅云滇中多紅斑鳩又云曩宮中有黃鸚鵡屠長卿詩云一入雕籠奪翠裳羽毛新得染鵞黃此與漢赤雁朱鷺隋宦官劉繼詮獻芙蓉鷗皆異物也

熊掌最難熟故楚靈王請食熊蹯而死明秦府王孫不羈云用草繩匝掌煑之則易熟

令世公卿士大夫下逮輿隸婦女無不嗜煙草者田家種之連畛頗獲厚利考之本草爾雅皆不載姚旅露書云呂宋國有草名淡巴菰一名曰金絲醺煙氣從管中入喉能令人醉亦辟瘴氣擣汁可毒頭蝨初漳州人自海外攜來莆田亦種之反多于呂宋今處處有之不獨閩矣

山水豹遍身作山水紋故名萬歷乙卯上高縣人得一虎身文皆作飛鳥走獸之狀

峩嵋瓦屋山出貔貅常誦佛號于隴蜀餘聞載之雅州
傅良選進士云其鄉蔡山多貔貅狀如黃牛犢性食虎
豹而馴于人常至僧舍索食
獨獸名似猿而大能食猿猿性羣獨性特猿鳴三獨鳴
一見五侯鯖
宣和畫譜所載最古者吳曹弗興耳畜獸首晉史道碩
按西京雜記漢元帝時有安陵陳敞新豐劉白龔寬並
工為牛馬飛鳥下杜陽望樊育尤善布色皆與毛延壽

同誅然則禽獸花鳥之類漢已多有不獨文翁石室畫古聖賢像而已若山水則後起者也

石蛄音劫南越志云形如龜甲或云脚遇春雨則生花右丞詩來經石蛄春春字非趂韻也古人字無虛設如此

自同州四十里至肅州東望大山金人云此新羅山其中產人參白附子與高句驪接界見許亢宗行程録云

議政大臣管侍衛內大臣一等公費揚古

謚襄壯　康熙四十年九月二十三日

多羅平郡王納爾福
諡悼　康熙四十年九月二十三日
鑲白旗漢軍都統雷繼尊
諡敏慤　康熙四十年十月十一日
和碩簡親王雅布
諡修　康熙四十年十一月十三日
和碩顯親王丹臻
諡密　康熙四十一年六月二十三日

都統管九門步軍廵捕三營統領凱音布
諡肅敏 康熙四十一年閏六月十七日
福建陸路提督總兵官左都督贈太子少保王萬祥
諡敏壯 康熙四十一年閏六月十七日
浙江永嘉縣知縣殉難贈布政使司条政馬琾
諡忠勤 康熙四十二年四月二十六日
太子少傅禮部尚書保和殿大學士致仕加少傅王熙
諡文靖 康熙四十二年五月初四日

吏部尚書文華殿大學士致仕伊桑阿
諡文端　康熙四十二年七月二十一日
廣西富川知縣殉難贈太僕寺少卿劉欽鄰
諡忠節　康熙四十三年　月　日
以副都御史陳論為刑部右侍郎海寧人辛丑甲辰進士
王彥輔麈史云予在開封時長子渝游相國寺得唐潭
州刺史張登文集一冊六卷權文公為之序其略曰詩
賦之外誌記書序等合為一百二十篇彥輔又云所得

書肆鏤本纔六十六篇已亡其半矣予續文粹登之文
以至金石所傳裒而録之以廣前集惜彥輔之書亦無
傳

古剔犀器以滑地紫犀為貴底如仰瓦光澤而堅薄色
如膠棗曰棗兒犀元時禾郡西塘楊滙所作

漢僧徒著赤布僧迦梨秣陵僧衣色仿西竺宇文周忌
聞黑衣之讖易以黄色衣褐亦起于宇文

鄭康成尚書中候注云比目魚一名東鯀見紺珠集

内鄉李子田蓘撰宋藝圃集二十二卷凡二百八十人時在隆慶初元海内尊尚李王之派諱言宋詩而子田獨闢幽抉異撰為此書其學識有過人者然于宋初載廖融江為沈彬孟賓于之流皆五代人也又取馬定國周昂李純甫趙渢龐鑄史肅劉昂霄諸人皆中州集所載金源之產定國又劉豫偽翰林學士也而與平園誠齋石湖放翁等并列淄澠混淆所宜刋正

華州郭宛委宗昌嘗從遼左得倭帥豐臣書一紙書間

行草古雅蒼勁有晉唐風是朝鮮破後求其典籍之書也鱗介之族乃能好古如此王弘撰山史云

東嘉趙士楨字常吉能詩工書明文華殿中書一日出内府藏硯悉刻前代年號命士楨改製刻萬歷字内有一硯乃唐文皇賜虞世南者士楨奏云太宗賢主世南名臣乞留此硯以彰前代君臣相與之美從之

溆石閒談云成都有耕者得薛濤墓棺懸石室中四圜環以彩牋無慮數萬顏色鮮好觸風散若塵霧夫濤死

而以賤殉賤在地下歷千年不壞皆理之不可信者殆好事者為之耳

兩廣雲貴多有蠱毒飲食後咀嚼當歸即解

棄蒲州南岩傳治刀瘡藥方端午日取韮菜擣汁和石灰杵熟為餅用敷瘡處血即止即骨破亦可合奇效

劉眘虛盛唐詩人之傑李華作三賢論論眘虛與元德秀蕭穎士曰劉名儒史官之家兄弟以學著稱述詩書禮樂春秋為五說條貫源流備古今之變劉在京下常

寢疾太尉房公時臨扶風聞之通夕不寐謂賓從曰挺御日若不起無復有神道尚書劉公每詣與談終日忘返嘆曰聞劉公清言見皇王之理矣殷直清有識尚恨言理少對未見劉面常想見其人渤海高適達夫落落有奇氣是皆重劉者也又云元罷魯山終于陸渾劉避地逝于安康蕭歸葬先人歿於汝南無復下壽云昚虛學行蓋不僅詩人之冠冕惜不槩見于後世而所傳五言亦止十四篇新舊唐書儒學文苑皆不為昚虛立傳

與韋蘇州同一憾事脊虛字梃卿令亦無知者

唐劉蛻文冢銘自評其文粲如星光如貝氣如蛟宮之水此喻最妙文冢在今潼川州予康熙壬子曾過之為賦一詩唐末古文並稱樵蛻蛻文泉子予所手録然不逮樵遠甚樵之文在大中時惟杜牧可稱勍敵

吾鄉章邱縣有木氏乃金南渡奸相木虎高琪之後

歸潛志載劉勳少宣濟南詩云舟行著色屏風裏人在回文錦字中勳初名訥字辯老雲中人

金翰林學士趙秉文嘗述黨承旨懷英論詩云律詩最難工五十六字皆如聖賢中有一字不經鑪鎚便如一屠沽兒厠其間也按此五代人劉昭禹語黨述之耳

大唐傳載開元東封有太原人于伯隴者年一百二十八歲兩孫隨之各年七八十矣詣闕引見自言臣神堯皇帝之臣也上賜紫袍牙笏優卹有加

唐時知貢舉皆預定親知權要皆得薦其私人乃至榜帖亦屬他人為之如摭言所載鄭顥託崔雍為榜延至

榜帖曰待榜不至但遣小僮壽兒者傳云來早陳賀曰暮壽兒寄宿院中夜已艾壽兒以蠟丸進題即榜也主司在院而榜自外來且使命出入更無關防已可笑尤可異者杜黄門第一榜第三觴庭叅之際謂諸生曰未有榜帖尹樞年七十餘獨趨進公欣然延之從容授以紙筆樞每劄一人則抗聲斥其姓名列庭聞之皆咨嘆嗟其公道唯空其元公覽讀致謝訖乃以狀元為請樞曰狀元非老夫不可公大奇之即命筆親自劄之狀頭

出于舉子自定殆近兒戲矣又鄭損舍人為舉主以陸扆為狀元帖皆請扆自定

范傳正作李翰林墓碑云與賀監汝陽王崔宗之裴周南等八人為酒中八仙周南之名杜酒中八仙歌無之唐書白本傳所載酒八仙人亦與杜詩同

唐文宗太和中詔以李白歌詩張旭草書裴旻劒舞為三絶命翰林學士為之贊僖宗廣明元年車駕幸蜀詔曰行在三絶右散騎常侍李潼有曽閔之行職方郎中

孫樵有揚馬之文前進士司空圖有巢許之風列在青史以章有唐中興之德唐代留意風雅如此談之芬人

蠡類

風俗通漢有太守頠先井音膽有井春今誤作井春近在部見爰書有妙姓烏姓盤姓民姓纆姓杵姓㓝姓律姓茶姓煙姓穰姓首姓畢姓威姓冰姓坎姓榻姓攬姓

慈姓

章八元賦慈恩塔詩元白見之云不意嚴維出此弟子

其詩鄙惡俚俗予于居易録已言之姚園客乃以為盧照鄰作又似無目人語矣

李格非文叔易安之父也嘗著洛陽名園記不見其詩露書載其臨淄懷古絶句云撃鼓吹竽七百年臨淄城闕尚疑然如今只有耕耘者曾得當時九府錢頗可誦

京山李東白者能詩隱于衣工有登黄鶴樓七律最佳其中二聯云興饒老子胡牀上秋在仙人鐵笛中鄂渚霜花沿岸白漢陽楓樹隔江紅明詩諸選多録歐大任

青衣李英詩而不及東白因著之李宗伯本寧常識其人後舟過雲夢吟詩拍手一笑躍入水死

蜀青城山有牡丹二株皆高三十丈號大將軍小將軍見元人題跋朱圖南謂在羊亘見峭壁上秋海棠高丈餘吐花如錦連綿十里尤奇又玉堂嘉話云海州東峡島生海棠作矮樹花深紅大如茶盤香韻殊絕每歲進御以金牌記之

治難產方用杏仁一枚去皮一邊書日字一邊書月字

用蜂蜜黏住外用熬蜜為丸滚白水或酒吞下此方乃異僧所傳露書

中州才士近有襄城李來章禮山劉青藜太乙劉歌詩李古文皆有可傳劉庚辰公車至京師杯酒間為余言郏縣全軌車同詩文皆擅絶壬午全寄余長句瀏灕頓挫與劉勍敵也因語巡撫少司馬徐公青來潮門人張侍御遂若瑗聘主大梁書院予昔使秦中偶遊慈恩寺見塔上康乃心題詩亟為延譽康遂以此知名當世皆

令士人之才而貧者也康亦字太乙其詩曰園廟衣冠

此内藏野花歲歲上陵香邯鄲鼓瑟應如舊贏得佳兒

畢六王

杜子美黑白二鷹詩干人何事網羅求南唐元宗謂馮

延巳云吹皺一池春水干卿何事舊唐書明皇為楚王

叱金吾將軍武懿宗曰吾家朝堂干汝何事敢迫吾騎

從此語在前見本紀

五月二十五日

駕幸古北口外避暑

弇州卮言載滄溟在關中過許中丞宗魯伯誠許問今天下名能詩何人滄溟曰唯王元美次則宗臣子相許請子相詩觀之滄溟勃然曰夜來火燒却許面赤而已余嘗啞之夫子相詩未必能過伯誠即索觀亦屬恒事何至怫然如此又蔡子木入覲酒間自歌其夔州諸作吳明卿輒鼾睡鼾聲與歌聲相低昂歌罷鼾亦止令觀明卿詩品亦未能過子木也文士護前往往夜郎王自

大適足爲識者軒渠耳厥後蔡巡撫中州吳謫歸德府推官與徐子與張肖甫皆爲屬官蔡身爲行酒曰吾安敢有其一以傲三君子哉子木固盛德不知爾時明卿當復置身何地特著二事以爲文士相輕之戒云

胡應麟作丹鉛新録藝林學山以駁升菴自負博辯然舛謬復不自覺如引三國志關某傳注謂羽欲娶布妻啓曹公疑布妻有殊色因自留之按此乃秦宜禄妻與布何涉元瑞豈未一檢陳書耶又唐人長安女兒踏春

陽一絶見沈亞之集異夢録胡止據博異志似未覩沈集者田汝成西湖志餘又附會以為宋人西湖事謂為水仙與鳳俱沈湖中則劉襲司馬才仲遇蘇小事而為之尤可笑

嘉陵江岸有刀鐶山康熙丙子余再使蜀舟過之口占絶句云晨過赤銅水望見刀鐶山閨中應計日不見槀砧還（赤銅赤利州水名）蓋用古樂府槀砧今何在山上復有山何當大刀頭破鏡飛上天語也此詩偶逸之未編入雍

益集聊記此

范德機嘗得十字云雨止修竹間流螢夜深至既復曰語太幽殆類鬼作吳正傳師道禮部集一條云聞之危太僕昔與先生秋夜不寐微步山中得此二句喜甚且曰云云當以他語映帶之因足成此章云右二語果佳

余少時有句云螢火出深碧池荷聞暗香故友葉文敏訒菴方藹極喜之取入獨賞集

胡氏經籍會通云燕中書肆多在大明門之右及禮部

門外拱辰門西花朝後三日則移于燈市每朔望并下浣五日則徙于城隍廟中燈市歲三日廟市月三日令京師書肆皆在正陽門外西河沿餘惟琉璃窰廠間有之而不多見燈市初在靈佑宫稍列書攤自回禄後移于正陽門大街之南則無書矣每月朔望及下浣五日百貨集慈仁寺書攤止五六往間有秘本二十年來絶無之余庚申冬過之有兩漢紀初印本最精又三禮經傳通解亦舊刻議價未就旬日市期早過之二書已為

人購去懊恨累日至廢寢食壬午夏見舊版雍録雕刻極工重過之已為人購去矣癸未夏得陳子昂文集十卷猶是故物然如優鉢羅花偶一見耳

康熙壬午年吾鄉有少年十餘人自登萊往濟南肩舁數籠籠有虎一熊一又一羊六足一犬三足欲觀者先以錢投之攫資無算

文殊普賢廝打本釋家語宋參政錢象祖與史彌遠合謀殛殺韓侂胄請和于金時人為之語曰文殊普賢自

闞𧰼祖打殺師王葢佹胄以太師封平原郡王倖者皆稱師王故也可謂善謔

杭州靈隱寺飛來峰有楊璉眞伽石像嘉靖二十二年福清陳仕賢知杭州命斬之田汝成記其事比於申屠廸毁曹操之廟頃張御史瑗請平西山碧雲寺魏忠賢墓仆其碑碎之有關名教可並傳也

甞見一書言今江浙所祀五通邪神乃明太祖伐陳友諒陣亡士卒詔令五人一隊得受香火云云而武林闡

見録又載宋嘉泰中大理寺決一囚數日後見刑獄吏云泰和樓五通神虚位某欲充之求一差檄言差充某神位得此為據可矣如其言經數月東庫人聞樓上五通神日夜喧閧如爭競狀吏乃泄前事為增塑一神像遂寂然則宋時已有五通之説不自明初始至于決囚鑽營僞牒得補神位則其為邪魅昭然矣吴越之人信而畏之理不可解宜湯潛菴斌碎其土偶投畀湖中也

唐肅宗賜李輔國香玉辟邪二長一尺五寸香聞數百

步南宋有李大卿者其子娶韓平原之女奩具中有香玉師子高二尺五寸精妙無比後歸福邸

支硎山有泉自石罅流出雖大旱不竭相傳支道林遺跡也有賈胡過之坐卧其側凡半月取一玉蟹而去

五侯鯖載薛瓊至孝家貧采薪遇老父以一物遺之曰此銀實也用四壁土種之銅盆中當得銀如言種之旬日生苗再旬開花花有銀色如鈿螺及結實皆銀也銀亦可種與雍伯種玉皆奇聞

米紫來漢雯宛平人明太僕友石萬鍾之孫也父壽都字吉士亦知名紫來以順治十八年辛丑登第多技藝工書畫書仿南宮尤工金石篆刻以長葛知縣行取適有博學宏詞之舉改翰林編修以典試罣誤久之召入供奉內庭遷侍講賜宅西華門尋病卒太僕有勺園在京城西海淀與武清侯清華園相望亦曰風煙里令

暢春苑即兩園故址也紫來少喜交游所交游皆海内名士與予最相善頗有倡和其詩惜爲書畫所掩亦散佚無傳矣紫來曽以其滇中詩屬予論次

欒花入詩多新異如陳白沙恰到溪窮處山山枳殻花之類予居易録載之矣偶讀南宋姜堯章集一絶云憐君歸橐路迢迢到得茅齋轉寂寥應嘆欒闌經雨爛土肥抽盡縮砂苗亦佳然以欒闌爲欒物之欒則誤耳

唐人栁枝詞專詠栁竹枝詞則泛言風土如揚廉夫西

湖竹枝之類前人亦有一二專詠竹者殊無意致宋葉水心又瓶為竹枝詞亡友汪鈍翁琬編修亦擬作二首其一云郎行時節橘花零南風吹來香滿庭今年橘實大如斗勸郎莫羨楚江萍

姜白石詩說有數則可取録之人所易言我寡言之人所難言我易言之難說處一語而盡易說處莫便放過僻事實用熟事虛用學有餘而約以用之善用事者也意有餘而約以盡之善措辭者也篇終出人意表或反

終篇之意皆妙句中無餘字篇中無長語非善之善者也句中有餘味篇中有餘意善之善者也始于意格成于句字詩有四種高妙一曰理高妙二曰意高妙三曰想高妙四曰自然高妙一篇全在結句如截奔馬辭意俱盡如臨水送將歸辭盡意不盡若夫意盡辭不盡剡溪歸棹是也辭意俱不盡溫伯雪子是也一家之言自有一家風味如樂之二十四調各有韻聲乃是歸宿處橅仿者語雖似之韻則亡矣右論詩未到嚴滄浪頗亦

足絫微言。溫伯雪子目擊而道存見莊子田子方篇

陳忠國字升揆公安人諸生曾中四川鄉試副榜以冐籍黜壬午來京師其鬚長過于膝行則自兩肩搭于背上每行過市人競隨觀之趙統詩話杭人陸濤言其鄉有役為老人者鬚長委地行則辮而繞之頸又白醉璅言云攸縣有徐寨主者鬚十餘莖以囊盛之舒之則其修二丈

元鮮于伯機記杭醫宋會之者善治水蠱以乾絲瓜一

枚去皮剪碎入巴豆十四粒同炒以巴豆黄色為度去巴豆用絲瓜炒陳倉米如絲瓜之多少候米黄色去絲瓜研之為末和清水為丸如桐子大每服百丸宋言巴豆逐水絲瓜象人脉絡去而不用藉其氣以引之也米投胃氣也

宋時武林馬塍藏花之法紙糊密室鑿地作坎覆竹置花其上糞土以牛溲硫黄然後置沸湯于坎中候湯氣薰蒸則扇之經宿則花放令京師園丁亦然予嘗以冬月寄諸盆花約明年花樹不敗則酬其直惟桂花不能

如舊西湖志餘謂桂必清涼而後放法當置石洞岩竇間暑氣不到處鼓以涼颸乃開令與桃梅牡丹之屬同置煖室地窖宜其不殖也此亦格物者所當知

從伯文玉諱與玫號能詩嘗有詠宋高宗一絶云千金空買玉孩兒不得其解讀西湖志餘高宗嘗宴大臣見張循王俊持扇有玉孩兒扇墜識是舊物昔往四明誤墜于水者問俊所從得對曰臣從清河坊鋪家買得之詢鋪家云得之提籃人復詢之乃從候潮門外陳宅廚

獽處得之詢之廚獽云破黄花魚腹中所得也上大悦鋪家提籃人補校尉廚獽封孺人

中牟縣城南有湖數十畝中有亭額以蒲盧為邑名士張林宗民表觴詠之地予丙子以奉使祭告西嶽過之惜其命名非典因為易名墊巾以存林宗之舊使後來知名流故蹟按毛詩小宛疏云螟蛉桑蟲也果蠃蒲盧也細腰土蜂謂之蒲盧郭璞爾雅注細腰蜂俗呼蠮螉若水中之蒲其根著在土而浮蔓多緣木故亦或謂之果

贏是細腰水蒲得以互稱于命名之義無一可者不知當時義何居也

予甲子冬奉使祭告南海之神歲杪次桐城大雪中陳默公焯初未相見即過予客署二從者背負巨囊揖罷即呼具案顧從者取囊書數十大册羅列案上指示予曰此吾二十年來所輯宋元詩會若干卷聞公奉使當過此喜甚將待公決擇之然後出問世耳已過其滁岑雪中遠眺龍眠諸山縱觀是書竟日賓主談諧無一言

及世事此亦冠蓋交游中所少默公順治壬辰進士二甲臚傳第一以耳聾不仕而終

予以乙丑二月抵南海始與陳元孝恭尹定交揖甫罷即出一端石小研相示曰吾得此水坑石甚寶惜之將以梁子樂亭公車之便屬寄公于京師既聞奉使當至粵故留以俟視其側有銘八字云獨漉之貽漁洋寶之元孝工漢隸此其手書也予甚珍之獨漉元孝别字亦自稱羅浮布衣子勵後中己卯舉人

陳衍奇石記云米仲詔嗜石有五石最奇一靈壁石高四寸餘延袤陂陀勢如大山四面皆畫家皴法近山脚特起一臺臺上平下削平處刻伯原二字小篆絶佳伯原元清碧先生杜本字也又一靈壁石非方非圓週遭如屏郛有脉兩道作殷紅色自凹處垂下如瀑布之射朝日高八寸許圍徑尺純黑凝潤如膏一英德石高四寸長七寸如夔虬盤卧玲瓏透漏千蹊萬徑穿穴鉤連一兖州石大如拳堅緻有聲得之嶧山一仇池石亦如

拳峰巒洞壑奇巧殊絕刻其側曰小武夷

明大内英華殿供西番佛像殿前菩提樹二孝定皇太后手植也光禄寺志云英華殿四月八日供大不落夾二百對小不落夾三百對叔祖季木考功詩云慈寧宮裏佛龕崇瑤水珠燈照碧空四月虔供不落夾内官催辦小油紅盖紀此事也慈寧宮當作英華殿爲確

荆州南門有息壤其來舊矣上有石記云犯之頗至雷雨康熙元年荆州大旱州人請掘息壤出南門外堤上

掘不數尺有狀若屋而露其脊者再下尺許啓屋而入見一物正方上銳下廣非土非木亦非金石有文如古篆土人云即息壤也急掩之其夜大雨歷四十餘日江水泛濫決護城堤幾壞城

海寧孝廉查伊璜繼佐崇禎中名士也嘗冬雪偶步門外見一丐避廡下貌殊異呼問曰聞市井有鐵丐者汝是否曰是也能飲乎曰能引入發醅坐而對飲查已茗芋而丐殊無酒容衣以絮衣不謝徑去明年復遇之西

湖放鶴亭下露肘跣行詢其衣曰入春不須此已付酒家矣曰曾讀書識文字乎曰不讀書識字何至為丐耶查奇其言為具湯沐而衣履之詢其氏里曰吳姓六奇名東粵人問何以丐曰少好摴蒱敗其產故流轉江湖自念叩門乞食昔賢不免僕何人敢以為汚查遽起捉其臂曰吳生海內奇士我以酒徒目之失吳生矣留與痛飲一月厚資遣之六奇者家世潮陽祖明世為觀察以樗蒱故遂為窶人既歸粵寄食充驛卒稔知關河阨

塞形勢會王師入粵邏者執六奇六奇曰請得見大師言事既見備陳諸郡形勢因請給遊劄數十通散其土豪所至郡縣壁壘皆下帥上其功十年中累官至廣東水陸師提督孝廉家居久不復記憶前事一旦有粵中牙將叩門請謁致吳書問以三千金為壽邀致入粵水行三千里供帳極盛度梅嶺已遣其子迎候道左所過部下將吏皆負蘭抱弩矢為前驅抵惠州吳躬自出迎導從雜沓擬于侯王至戟門則蒲伏泥首登堂北面長

蹺歷叙往事無所忌諱入夜置酒高會身行酒炙歌舞妙麗絲竹迭陳諸將遽起為壽質明始罷自是留止一載裝累鉅萬將歸復以三千金為壽錦綺珠貝珊瑚犀象之屬不可訾計查既歸數年值吳興私史之獄牽連及之吳為之營救查遂獲免于難初查在惠州幕府一日遊後圃圃有英石一峰高二丈許深賞異之再往已失此石問之則以巨艦載致吳中矣今石尚存查氏之家六奇後卒官贈少師兼太子太師謚順恪

武昌小南門獻花寺老僧自究者病噎食臨終謂其徒曰我不幸罹斯疾胸臆間必有物為崇歿後剖視乃可入歛其徒如教得一骨如簪形取置經案久之有兵師借寓一日從者殺鵝其喉未殊偶見此骨取以挑刺鵝血濺骨骨立消後其徒亦病噎因前事悟鵝血可療數飲之遂愈因廣其傳以方授人無弗愈者

唐初修隋史不為文中子立傳千古疑之且其時總裁者魏徵秉筆者陳叔達皆及門也而房杜諸人又皆佐

命力豈不能為其師立一史傳而必待三百年後宋祁文修唐書始為之表章于王績勃質諸傳耶頃閲仇俊卿通史它石論此甚快可破千古之疑其說本于宋史非剏也宋史謂通為長孫無忌所惡當時畏無忌故遺通而無忌之惡王氏則由于王凝次子勮劾貶侯君集君集與無忌善因而惡及其祖耳初叔達撰隋紀王績欲借觀且曰吾芮城兄亦有隋書若干卷欲續成以終其志殆諷之也予謂隋書不為王通立傳五代史不為

韓通立傳二公未嘗以一傳有無為輕重獨可為當時操史筆者惜耳韓通不立傳亦別有說通次子福時福時子凝凝子勔勔

香祖筆記卷三

香祖筆記卷四

刑部尚書王士禛撰

康熙四十年

駕臨塞外喇里達番頭人進彩鷂一架青翅蝴蝶一雙

于

行在問之對曰鷂能擒虎蝶能捕鳥又哈密獻靈草一

方云草生鳴鹿山必俟千月乃成自利用元年至今結

數枚

高陵令朱某有白玉籠高廣二寸有奇四面皆作連瑣格子上下卍字文外一童子俯首而窺中有一猿坐而仰視意態如生鈕玉樵琇官秦中嘗見之

黄周星字九煙崇禎庚辰進士性簡傲嘗遊嘉善遇一人負薪過市口作吟哦聲揖入詢其名氏曰崔姓名金友出其詩五言云花落無人徑雲飛到處山七言云因風去住憐黄蝶與世浮沉笑白鷗又云吟思白墮傾家

釀坐對青山讀異書自號樵隱黄鸞異因與定交
某大臣籍沒時有一書案乃琥珀琢成而嵌水精方廣
二尺下承一替亦水精為之高可三寸貯水畜朱魚紅
鱗碧藻煦沫游泳悅若麗空按元時雅克特穆爾於私第
作水精亭子四壁皆水精鏤空貯水養五色魚其中翦
綵為白蘋朱荷諸花草壁中置珊瑚闌干光綵玲瓏右
李材解醒語載之古今事相類有如此
宜興任弘嘉字葵尊康熙丙辰進士以行人改授御史

上疏請定服色於是三品已上始許衣貂及舍利猻一
日五鼓入
朝遇梅桐厓鋗少廷尉時隆冬梅有寒色予口占絶句
戲贈之云京堂詹翰兩衙門齊脱貂裘舍利猻昨夜五
更寒徹骨滿朝誰不怨葵尊吏部侍郎趙公玉峰士麟曰
公詩大佳尤難其押韻天然耳梅今為御史中丞巡撫
福建鈕玉樵琇觚賸記此訛為京師謠語蓋不知為予
戲作也

元時張進中者字子正都城耆老善製筆管用堅竹毫用鼬鼠精銳宜書吳興趙子昂淇上王仲謀上黨宋齊彥皆與之善尚方時有所需非進中製不用也每自持筆以入必蒙賜酒令京師未有以善筆名者矣

昌平紅崖谷有道人戒行甚嚴一夜有美婦人叩門求宿時天寒憐而納之婦以言挑道人不為動忽言腹痛就盆產一兒詰旦抱去道人惡盆污覆諸澗中誤染左手五指皆金色復視澗際沙石亦皆金色矣

大小勞山在萊膠州即墨之境延安府甘泉縣北二十里亦有大小勞山狄武襄與夏人相拒士卒疲困憩此因名

烈婦王氏名富英儒家女也其母夢吞牡丹花而生故以為名康熙癸丑歸孫文恪公之孫槐會土寇亂婦被掠賊帥慕其色將犯之堅不從繼以兵刃搒掠亦不從夜闌伺守者倦而寐遂以帛自縊死貌如生賊帥驚嘆其貞烈已而自悔曰如此烈婦而我偪之以至于死吾

不知死所矣乃謝其儕伍披緇入山不知所終

明末靖海衛向化其父指揮某投海死化年十六沿海岸哀號三日亦投於海次日天方晴霽忽西南有聲如天鼓雷雨大作化尸以頭戴父尸浮至海岸觀者如堵莫不驚異泣下其家乃祔葬焉

順治初京師有賣水人趙遜者未有室同輩醵金謀為娶婦一日于市中買一婦人歸去其帕則髮毿毿白居然嫗也遜曰嫗長我且倍何敢犯非禮請母事之居數

日嫗感其忠厚曰醵錢本欲得婦耳今若此反為君累且奈何吾幸有藏珠一囊紉衣中當易金為君娶婦以報德越數日于市中買一少女子入門見嫗相抱痛哭則嫗之女也葢母子俱為旗丁所掠而相失者至是皆歸遜所嫗即為之合巹成禮嫗又自言洪洞人家有二子今尚存珠數顆可鬻之為歸計乃攜壻及女俱歸二子者固無恙一家大喜過望嫗乃三分其產同居終其身人以為遜忠厚之報云

張道濟手題王灣海日生殘夜江春入舊年一聯于政事堂王元長賞柳文暢亭皐木葉下隴首秋雲飛書之齋壁皇甫子安子循兄弟論五言推馬戴猿啼洞庭樹人在木蘭舟以為極則又若王籍蟬噪林逾靜鳥鳴山更幽當時稱為文外獨絶孟浩然微雲淡河漢踈雨滴梧桐羣公咸閣筆不復為繼司空表聖自標舉其詩曰回塘春盡雨方響夜深船玩此數條可晤五言三昧漢侯霸子孫稱祖父曰家公陳思王稱父曰家父母曰

家母潘尼稱祖曰家祖蔡邕書文稱姑女曰家姑家姊班固書集曰家孫顏氏家訓姑姊妹已嫁則以夫氏稱之在室以次第稱之言禮成他族不得云家也子孫不得稱家者輕略之也此說與班蔡之稱不同矣

漢律二千石有予告有賜告予告在官有功最法所當得者也賜告者病滿三月當免天子優賜其告使得印綬將官屬歸家理病郡二千石賜告不歸家自馮野王始也

琵琶録云羽調緑腰注云即緑要也本自樂工進曲上令録出要者以為名誤為緑腰也白樂天詩注又譌為六幺乃其曲又有高平仙吕非羽調吳楚材彊識略云然

詹事府左右春坊司經局皆東宫從官雖居同署而各有印信不相統攝今文移章奏往往稱詹事府春坊者謬也亦如十三道御史例不冠以都察院今或稱都察院監察御史者謬也

本朝設詹事府沿明代之舊而稍不同明詹事率以禮部尚書掌府事少詹事亦多加尚書或侍郎皆與枚卜今則班通政大理之下府丞罷不設通事舍人亦罷不設左右春坊明初庶子之上有大學士後罷不設今沿之司直郎清紀郎司諫俱罷不設司經局洗馬一人洗先也荀子曰天子乘大輅諸侯持輪乘輿先馬注導馬也國語曰勾踐為夫差洗馬如淳曰前驅也晉太子詹事官屬有洗馬八人掌太子經書圖籍其後止一人今

沿之漢蘭臺東觀有校書郎北齊有正字明司經局之屬有校書有正字今校書罷不設正字則以内閣中書舍人改充之

世或疑文中子以為房杜李諸公未必皆出其門者陋儒也予讀司空圖文中子碑云天生文中子以致聖人之用得衆賢而廓之以俟我唐故梁衛數公皆為其徒恢文武之道以濟貞觀治平之盛圖唐人也又文中子鄉人也其言如此可信耶不可信耶吾故特筆之以結

此輩之舌若門人薛收等議謚文中子則詳唐書文苑王勃傳文中子之名則附見王績傳
禮生曰名死曰諱今世俗不辨以諱混施之生者極可笑然漢人有之吳楚材彊識略言漢西嶽廟碑云樊君諱毅毅時尚在也然則俚俗相沿亦有所本
堂谿公曰玉巵無當當底也謂人主漏洩羣臣之語也譬玉巵美矣而無底則水迸散不若瓦器有當適用也如所謂君不密則失臣也

海船曰艆䑢江船曰艛艛作蠡音

明洪武初立宗人府以秦王為宗令晉王燕王為宗正周王楚王為左右宗人皆正一品其後不然

本朝無宗令宗正等名率以和碩親王多羅郡王掌之亦有多羅貝勒協理府事者惟宗人府丞則以漢人為之位次副都御史與通政使大理卿同列曰宗通大

古稱宗室藩王之賢者曰閒平謂漢河閒獻王東平憲王也又古稱原嘗謂趙平原君齊孟嘗君皆舉第二字

言之

令户部有總督倉場滿漢侍郎二人（滿左漢右）總轄京通各倉倉監督則以各部員外郎主事差遣即漢之太倉令丞也唐明皇以御史充太倉出納使五代改曰如京使取詩如坻如京之義宋沿之故柳開稱柳如京舉其官也

兵部有督捕滿漢侍郎二人（滿左漢右）左右理事官四人（滿官二人漢官二人）專司緝捕八旗逋逃之事其屬漢郎中一人員

外郎一人主事六人司務一人令歸之刑部曰督捕司止設漢郎中主事各一人管子所謂僕區是也昔耶律文正公楚材對元世祖曰今天下一統逃將安之此言最得大臣之體予先曾官督捕侍郎今十四五年官刑部尚書復兼領是事惟以文正之意仰承

朝廷寬大之恩宣布四方而已故終歲不劾一失察之官不治一窩隱之罪非敢縱也亦古人所云無擾獄市之意而已

户部之屬古有民部度支金部倉部明改十三清吏司分掌十三布政司之事而各司吏書仍分民支金倉四科刑部之屬古有憲部比部司門都官明改十三清吏司分掌十三按察司之事而各司吏書仍分憲比司門都官四科存古制也

本朝因之但明代以南北兩直隸之事分隸十三司

本朝則增江南一司耳刑部又增督捕一司為十五司工部四清吏司外今增製造庫滿洲司官外惟設漢郎

中一人即宋之文思院也考工之官以文思命名甚奇

六月初七日和碩恭親王病薨諱長寧

世祖皇帝三子

六月二十六日和碩裕親王病薨謚曰憲諱福全

世祖皇帝長子

和碩裕親王世子保泰襲封親王

偶覯明秦人趙統伯一驪山集崖雞一篇略之如左以補物類相感志所未及客有籠鳥者謂為崖鷄丹喙朱

趾佳尾鳩臆大倍鴿盖雉屬也因指其喙此雛時殊黑成翮而飛始蛻其喙褪黑出丹鸚鵡之褪易其色崖鷄之褪并脱軀殻方褪時喙吭腫藃如蛇蛻然因言蚘蛻如蟬蛻殻枯虎裂頂而出如更生然座客或言麐蛻眼常求亡羊得麐窮谷草中故睛閉而新眶未啟又有言獺蛻肝者曰獺肝凡十二析月腐一析則他一析更新循環歲更故諺曰人心象膽世事獺肝又有言羱蛻角者羱野羊也大者重千斤方蛻時自投絶厓冀震撼以

自解而豲亦自決死矣已斃而自逸但不能得其蛻期若麝鹿之冬夏云有趙生者因言其地多麝曰前人言麝噬虵食栢而香結退臍而藏覆以自珍吾邑會寧無栢麝將何食麝春和其臍自張獺諸花卉得其香而括之蠅蠓集其臍膻然亦括之凡諸花香蟲肉皆香材也遇蛇回旋數周撐足張臍以當之蛇自起而納諸臍獺人得其臍或收蛇不既者或收而未化化而不盡者大抵蛇為其香之主也言既客有談龍者龍之蛻以首昔

晁氏蓄藥嘗得全首置牖下高可二尺許或得之地中或得之石中然不得其蜕之詳文矯異甚可嘉

趙又辨鳩逐婦一則云鳩逐婦乃感天地之雨暘而動其雌雄之情求好逑也非逐而去之之謂歐陽永叔云天將陰鳴鳩逐婦啼中林鳩婦怒啼無好音非也

趙又云韻書五噫噫本平聲楊眉菴莫解梁鴻五噫歌趙大洲梁君五噫令安否皆作去聲誤按字書噫音依恨聲又音隘飽食氣滿而有聲也則依音為是

楊用修言何仲默謂宋人尚不能解唐人詩以之解三百篇真是枉事不如且從毛鄭

胡釘鉸事或言列禦寇或言柳文暢王性之默記又載諸先生遇慈上座事云他日見胡釘鉸者知吾所在後諸為章惇引薦特置第五甲勉往置冠帶而作帶者極有士人風範問之即胡釘鉸也驚問慈上座何在曰上座於人一舉意即知之且頃刻已萬里矣何可知其處也此胡釘鉸又異人矣一耶二耶

寶應孝廉陶成、字雲胡朱升之大父妻父也以畫名家偶閱王兆雲揮麈新談載其行事怪僻甚殆郭忠恕之流成小時從師見其妻即圖之次見其女又圖之皆逼真師怒逐之寫花鳥人物最工芙蓉尤入神品然與物多忤性不可測識有富人欲求之而不敢言乃於其游歷之所遍栽芙蓉秋日花盛開成過之喜甚主人已預具絹素張于庭立成二十幅索酒痛飲而去嘗同升之赴會試距試期僅三日忽語升之曰聞張灣某氏丁香

盛開子其從我游乎升之不可成買小車徑造其家痛
飲花下五日乃去遂悞試期嘗以挾伎事露御史知其
名欲全之覵其贈伎詩曰此殆非子作成爭之曰天下
歌詩豈有出陶成之右者而謂他人作乎竟坐除名晚
遇一伎甚美而不肯與接成自織錦裙持見之精類鬼
工伎乃大喜既遂挾伎以遁坐譎戍邊
陳寒山函輝云王立轂字伯無少入雞足山忽逢伽葉引
入石壁中語之曰汝墮火宅中行慈忍戒他日勇退急

流橋下前身猶在既出壁合如故王遂持戒殺終身

高念東侍郎遊山陰道上有句云筇杖古松流水外蒲團修竹緒風間予愛之命畫師禹鴻臚之鼎寫為二圖

大唐傳載云顏魯公刻姓名于石或置高山之上或沉大洲之中云安知不有陵谷之變耶此因杜元凱事而傅會之耳魯公碑版照曜天下安用區區為爾亦陋甚矣

李龜年有弟彭年鶴年開元中皆有盛名鶴年善歌製

渭州彭年善舞龜年善打羯鼓見大唐傳載康熙辛亥宋荔裳琬在京師一日招梁蒼巖大司馬諸同人及予兄弟飲梁家園子予首倡偶用纈字明日梁問予纈字之義對不能悉按潘氏記聞云唐明皇柳婕妤妹適趙氏性巧慧鏤版為雜花打為夾纈代宗賞之命宮中依樣製造又西河記西河婦女無桑蠶皆著碧纈韻書但言文繒耳

上己卯南巡視河

賜江蘇巡撫 臣宋犖仁惠誠民四大字又
賜懷抱清朗四字癸未以河工底績再南巡渡江
駐蹕江天寺即金山寺御賜今名犖時扈從奏云 臣家有別業在
西陂乞
御書西陂二大字
賜 臣不令宋臣范成大石湖獨有千古
玉音云此二字頗不易書犖再奏云二字 臣求善書者
多不能工刑部尚書王士禛少與 臣為同學嘗云二字

倘得
御書乃為不朽盛事
上笑而書之即以頒
賜頃之
駕回行宫又
命侍衛取入重書
賜焉再
賜清德堂大字滎西陂有緯蕭草堂釣家芰梁諸勝常

邀予輩同人賦詩今果獲

御書張之不世之遇也古名臣別業最著無如午橋平

泉皆地以人重顧未聞有此矧輞川盤洲以下乎榮有

扈從紀

恩詩紀其事中一首云

御筆傳來詡再三西陂寶墨秘龍函一時盛事流傳速

已入漁洋續偶談

李庶常麗生晅亨蔚州人示予雲中節義録所録闖寇之

難大同殉節者五人宗室二人永慶郡王某管理襄垣王府事鎮國中尉俊寀巡撫衛景瑗韓城人監司朱家仕河州人其一則諸生李若葵也衛公本末載諸他書甚著餘得略而書之永慶郡王失其名居大同甲申正月李賊將出鴈門掠雲中諸王府謀迎降王獨大言曰堂堂親藩奈何降賊持何面目見太祖列宗于地下乎賊至王介胄率左右鼓譟出將赴敵死顧左右曰今日乃孤畢命時也卿輩寧死同時勿辱賊手方抵城門會

總兵官姜瓖叛出迎敵與王衛士戰射王中肩王死之官屬殲焉瓖遂以城降鎮國中尉俊宲被服儒雅善八分書慷慨好談節義賊逼城聚弟姪謀曰所不遺汝曹先去者欲同急難耳然同死無益汝不聞微子之去伍員之覆楚乎我死使人知宗室有殉國之臣若輩各從其志惟不可降賊以辱國乃闔户大書于壁曰襄垣管理殉國盡忠旁注九二慧泉四字遂自刭九二行也慧泉其字數日家人歸殮之顔色如生朱家仕中崇禎戊

辰進士巡撫衛景瑗雅重之聞寇警衛公召集文武衆僚屬歃血漢壽亭侯祠下衛既歃總兵官姜瓖有異志逡巡不進家仕獨義形于色誓不與賊俱生城陷前一日赴井死諸生李若葵率妻子等同縊題壁曰一門俱死大節已完七日始殮舉家顏色如生代王明太祖第十二子國大同謚曰簡

七月初一日

上聞裕親王薨自

行在冐雨回京師至東直門望城而哭未入宫先
駕臨王府率皇太子哭奠既登輦哭不絶聲入
大内避正殿居延禧宫諸王貝勒内閣部院九卿八旗
都統等文武諸臣慰問
起居請節哀仍赴蒼震門請
駕還宫不許王慈惠謙和動必以禮
上素篤手足之愛朝論以為不愧漢之閒平云
是日又

命皇太子恭詣親王靈幄奠酒
予前記雲間有木工蕭姓者能詩未詳名字近讀觚賸乃知蕭名詩字中素別字芷厓博學能文尤長于詩嘗有五言云遼海吞邊月長城鎖亂山七言云山寺落梅傷白易天涯芳草寄愁難皆佳句也
初五日裕親王殯于齊化門外郊園
皇太后
皇上皆臨王府親送滿漢內閣九卿皆送至園奠畢歸

入朝

上傳尚書臣士禎大理寺卿李斯義掌河南道監察御史呂晛同内閣户部赴

乾清門問山東今年水災情形并問前遣官照口外養蒙古例往賑實有益于百姓否臣士禎奏

皇上軫念民艱特遣人員照口外養蒙古之例賑濟地方大小官員仰體

聖意實心料理不敢文具視之自實有裨益于百姓但

今年之災非比去年去年被水不過十餘州縣今年則
六郡無不被水加以丹災視去年不啻數倍今舊穀已
盡新穀絶望民閻所苦在于無米
上諭户部尚書凱音布速發通州倉米往賑
初六日
駕幸口外
袁氏自江左以來淑粲察昂歷著高節及唐初文皇將
選東宫官屬謂岑文本曰梁陳名臣有誰可稱復有子

弟堪招引否對曰隋師入陳百司奔散唯袁憲侍側不去王充受隋禪羣僚表請勸進憲子給事中承家獨不署名父子皆稱忠烈又袁朗自以中外人物為海内冠族雖瑯琊王氏繼世台鼎而累朝首為佐命恥與為伍朗孫誼虞世南外孫也為蘇州刺史謂司馬張沛曰門戸須歷代人賢名節風教為衣冠顧矚始可稱舉老夫是也宜其高自位置如此

崔信明楓落吳江冷五字初唐所少信明吾鄉益都人

也以五月五日午時生有異雀數頭五色畢備鳴于庭樹初仕隋為堯城令竇建德欲引用之族弟敬素為建德鴻臚卿勸以立事信明曰昔申胥海畔漁者尚能固其節吾終不能屈身偽朝遂隱太行山貞觀中應詔舉為秦川令卒信明不獨才名冠一時而大節毅然尤為可書其自負詩過李百藥非褰傲也鄭世翼何許人乃敢肆其輕薄耶

全州謝良琦字石臞能為古文康熙初以明經通判常

州侍才傲睨意不可一世常以謁廵按御史與予解后公廨初未相識彼此不交一言罷去既而知其予也乃遣使過江致書問通殷勤後貽其刻集中有為予漁洋詩序予笑語人謝君何前倨而後恭耶曾同年江陵胡默齋恪在官江南提學聞謝名過毘陵因召見之謝時有母之喪要絰而往甫登舟胡亦卞急人也望見之怒甚急使麾去謝傲然不屑予按唐李林甫欲致蕭穎士時穎士居喪廣陵闡召詣京師縗麻謁林甫于政事省林

甫大惡之即令斥去頹士忿乃作伐櫻桃賦以刺之與良琦事正相類

舊唐書為李巨川作佳傳列于文苑始終無貶詞新唐書則置之叛臣傳特書其導韓建殺十六宅諸王及定州行營將李筠之罪使非宋景文則巨川首惡網漏吞舟矣春秋之義謂何然新書既以僕固懷恩李懷光李錡等為叛臣又列李正己師古師道吳少誠元濟等于藩鎮一進一退其義何居每開卷至此輒為憤懑移日

致仕前文華殿大學士兼吏部尚書伊桑阿卒公滿洲人順治乙未科進士康熙戊辰以禮部尚書大拜在相位十五年壬午以病予告至是卒年六十六謚文端

黄山湯泉皆朱砂天啟中或浴于泉見一鼠躍出純赤色長尺餘曰朱砂鼠

古今文人有名不大著而其詩實卓然名家者世人多耳食抑何從知之如歸田録所載謝伯初景山送永叔謫夷陵詩中聯云長官衫色江波緑學士才華蜀錦張

下國難留金馬客新詩傳與竹枝孃明欽天監博士馬軾字敬瞻送岳季方閣老云五嶺瘴高烟蔽日兩孤雲濕雨鳴秋結句祭罷鰐魚歸去晚刺桐花外月如鈎右二詩即使當世專門名家操觚染翰未必能到論者不可狗名而失實故特表而出之

常愛杜詩雨邊山木合終日子規啼又明初人詩數家茅屋臨江水一路松風響杜鵑寫蜀江風景宛然在目予曾擬作一聯送同年張仲誠沐知資縣云子規聲斷

處山木雨來時又嘉陵驛路千餘里處處春山叫畫眉皆眼前實景也

歐陽公云秋霖不止文書頗稀叢竹蕭蕭似聽愁滴蘓公云歲云暮矣風雪淒然紙窗竹屋燈火青熒時于此閒得少佳趣此等寂寥風味富貴人所不耐而予最喜之政苦一年中如此境不多得耳二公盖先得我心之所同然歐公有刑部海棠及刑部看竹詩令刑部詎復有此游觀之勝耶

予嘗謂詩文書畫皆以人重蘇黄遺墨流傳至今者一字兼金章惇京卞豈不工書後人糞土視之一錢不直所謂三代之直道也永叔有言古之人率皆能書獨其人之賢者傳遂遠使顔魯公書雖不工後世見者必寶之非獨書也詩文之屬莫不皆然

歸田録記陶穀召對便殿徬徨不進太祖笑曰此措大索事分顧左右取袍帶來穀乃趨入予嘗笑之穀欲效汲長孺而其奉使南唐呉越狼狽乃爾疑出兩人之所為又何歟

御史言事不先白臺長自宋劉子儀為中丞始

李方伯紫瀾濤自桂林歸求為母夫人作傳貽予楊孟載手錄眉菴詩集五大册雖書法未為當家然先哲故物可寶惜也每幅有子京墨林項叔子琴書清暇等印蓋禾中項氏藏本也卷首自識行末有業字號三字云余自離吳門未嘗作詩間有所述不復存藁邇來西江意或得追理舊業而案牘山積雖罷竭駑鈍猶不及十之二矧從容筆硯間哉固知有愧于穆之也冬十一月

宜春候上猶臨江冬字至候字一句下又一圈句疑有誤余奉省檄執鴈謁軍門修聘禮自己未至丙寅往返者八月凡目所覩身所歷念慮所思得短章五七言古律絶句四十首如春山早鶯初出深谷舌强語澀殊不成音欲棄置水中復念余友方君以常每以不得見舊稿爲憾姑存此以貽方君君長于詩尤工唐人五言與余友張羽來儀爲倡和友云吳人楊基識後書五言一篇云今夕復何夕夢我生平友握手無所言但道別離久覺來聞秋蟲空

堂竟何有不知千里道君䰟果來否當年亦如夢聚散一回首起坐誰與親鐘鳴月穿牖其詩分體不分卷凡若干首不止序所云奉使四十首也按孟載始以薦爲江西行省幕官此蓋江西時所自書首卷起寓懷十二首與今本同但今本作感懷耳眉菴集中有秋日懷方員外詩張靜居集亦有元日雪懷方員外以常送方員外歸吳興詩所云晴春入舊臘積雪含清暉是也方蓋吳興人

王徵士集四卷都少卿元敬所定有元敬及浦杲序徵士名彛字常宗又號嫣蜼子洪武初與高季廸同修元史後亦同死魏觀之難元敬稱其古文明暢英發又或以為吳中四傑之一以常宗代張來儀者今觀其詩歌行擬李賀温庭筠殊墮惡道餘體亦不能佳詎能與高楊頡頏上下乎固知高楊徐王之說誕而無徵矣此本嘉定門人陸廷燦扶照所刻

王元之五代史闕文僅一卷而辨證精嚴足正史官之

謬如辨司空圖清直大節一段尤萬古公論所繫非眇小也如叙莊宗三矢告廟一段文字淋漓慷慨足為武皇父子寫生歐陽五代史伶官傳全用之遂成絶調惟以張全義為亂世賊臣深合春秋之義而歐陽不取于全義傳略無貶詞蓋即舊史以成文耳終當以元之為定論也元之吾鄉鉅野人其小畜集三十卷黄俞邰虞稷千頃堂有傳本惜未及借録

元吳師道禮部集二十卷詩九卷雜文十一卷師道金

華蘭谿人與許白雲講明金仁山之學而與黃晉卿溍柳道傳貫為友故其學問文章遠有統緒時稱其為文清勁善持論友人朱檢討竹垞常稱之此本乃崑山徐少宰果亭秉義寫以見貽者吳至治辛酉進士仕止國子博士致仕加禮部郎中故集稱禮部云

吳師道仙山秋月圖詩自注宮扇馬遠畫宋寧宗后楊氏題詩自稱楊妹子詩中感慨濟王之事以楊妹子為楊后誤

陸廣微吳地記所載如語兒亭等最為可笑又多可疑者如馮驩宅謂在吳縣東北二里五十步有彈鋏巷又謂海鹽縣東十五里有公孫挺陳開疆顧冶子三墓尤謬按齊乘云三士冢在臨淄南一里一基三冢晏子春秋公孫㨗田開疆古冶子事齊景公勇而無禮晏子言于公餽之二桃云云是事真妄固不足辯然三子齊臣死不葬近郊而遠葬吳地此復何理至于馮驩宅之謫謬又不煩筆劃者也與張騫有墓在平原班超有墓在長

清同一傳譌齋乘已辯其非矣

世言瓊花天下惟揚州蕃釐觀一株故宋人作無雙亭于其側然元遺山續夷堅志云鄠縣南十里炭谷入谷五里有瓊花樹大四人始合抱逢閏即花以初伏開末伏乃盡花白如玉中有玉胡蝶一高出花上花落不著地乘空而起按此則不止廣陵有之矣

香祖筆記卷四

香祖筆記卷五

刑部尚書王士禛撰

康熙己巳庚午間在京師每從朱錫鬯黄俞邰借書得宋元人詩集數十家就中以長沙陳泰志同爲冠因鈔其所安遺藁一卷以周鄮伯弜汶陽臺臨江鄧林性之皇荂曲金華杜旃仲高癖齋小集附之數子者名不甚著而其詩實足名家按吳正傳跋杜端父墨蹟云杜汝

霖仁翁學于胡安定為李公擇所稱其孫陵陵五子旟伯高旂仲高斿叔高旞季高旝幼高伯高登呂成公之門同時陸務觀陳君舉葉正則陳同甫咸稱其文淳熙開禧中兩以制科薦有橋齋槀仲高占湖漕舉首與吳獵楊長孺善者杜詩發微癖齋槀叔高嘗問道考亭與辛幼安諸公游端平中以布衣召入祕閣校讐季高文亦相上下幼有稡裘集葉正則為序人稱金華五高伯高為最旂子去輕此帖乃去輕手筆盖先大父碧溪翁

之友宋末士競舉子習而杜氏一門子孫獨尚古文章今里中殘碑斷碣可見者悉有家法下至字畫亦異此紙深得山谷老人筆意要非不習而能也

白樂天論詩多不可解如劉夢得雪裏高山頭白早海中仙果子生遲沉舟側畔千帆過病樹前頭萬木春等句最為下劣而樂天乃極賞嘆以為此等語在在當有神物護持悖謬甚矣元白二集瑕瑜錯陳持擇須慎初學人尤不可觀之白古詩晚歲重複什而七八絶句作

眼前景語却往往入妙如上得籃輿未能去春風數水店門前可憐八月初三夜露似珍珠月似弓之類似出率易而風趣復非雕琢可及（數水在華州東水出羅敷谷酈注數水又北逕集靈宮西予過其地憶白詩亦為之流連而不發也）

明天啟時內官多購異花種于臨幸之處有紅水仙蛺蝶菊番蘭棣之屬陳悰天啟宮詞云春風香艷知多少一樹番蘭分外紅又云即美人蕉

南唐名臣如韓熙載孫忌王仲連皆山東人而著述之

多無如朱遵度遵度青州人好藏書高尚其事閑居金陵著鴻漸學記一千卷羣書麗藻一千卷漆書若干卷見鄭文寶江表志然陸馬二南唐書皆不為遵度立傳

予昔輯謚法考頗以一字二字為疑讀獨孤及毘陵集呂諲謚議初擬謚肅而度支郎中嚴郢駁之謂國家故事宰臣之謚皆有二字以旌德章善請謚忠肅及復駁之云文王周公晉文武功極盛而皆謚文冀缺甯俞隨會文德豈不優而皆謚武三代以下朴散禮壞乃有二

字謚非古也唐興杜如晦謚成王珪謚懿陳叔達謚忠温彦博謚恭岑文本謚憲唐休璟謚忠魏知古謚忠此皆當時赫赫以功名居相位者不過一字由此觀之二字不必爲褒一字不必爲貶若褒貶在字數則是文武成康不如威烈王慎靚王也齊桓晉文不如魏安釐秦莊襄趙武靈楚考烈也其言甚辯卒用及議是在唐時已不知一字二字之例謂何矣謚爲宰相而史入良吏傳亦所未喻

唐獨孤及至之毘陵集二十卷補闕安定梁肅所編肅

後序稱門下生葢其門人也集首有虔州刺史李舟序末有吳郡祝允明跋云是吳文定所鈔東閣本予按皇甫湜諭業一篇歷評唐人文章稱獨孤之文如危峰絶壁穿倚霄漢長松怪石顛倒谽谺今讀其文殊不盡然大抵序記猶沿唐習碑版叙事稍見情實仙掌函谷二銘琅邪溪述馬退山茅亭記風后八陣圖記是其傑作文粹略已載之權德輿議及謚曰立言遺辭有古風格濬波瀾而去流宕得菁華而無枝葉其摳衣入室之徒

皆足以掌贊善而東方册及之為文可徵矣卒諡曰憲

及位北牧守而得諡亦非常格

唐歐陽詹四門集八卷之中棧道銘弔九江驛碑材文最佳其自明誠論有云尹喜自明誠而長生公孫弘自明誠而為卿張子房自明誠而輔劉公孫鞅自明誠而佐嬴安得此離經畔道狂誖謬悠之論耶韓文公與之同時同年獨作原道原性諸篇不愧稱大儒矣

蔡卞王人也然其作毛詩雜解頗有可取者如木瓜詩

云齊桓信義及于諸侯率懐其德不専畏其力故問遺得以稱其重輕以為禮孔子所以嘆曰吾于木瓜見苞苴之禮行焉

天啟中小人造東林朋黨録點將録天鑒録同志録東林籍貫盜柄東林夥夥壞封疆録諸書以媚逆璫殺諸君子與蔡京黨人之碑韓侂胄偽學之禁無異然其中亦有以小人竄入者如李清臣章惇曽布張商英之屬與温潞諸公同列是又不可解也如朋黨録中之顧秉

謙周延儒魏應嘉馮三元點將録中之許其孝魏應嘉郭鞏陳保泰楊春茂同志録中之張我續東林籍貫之郭鞏張文熙薛貞盜柄東林黟黟安其等是也

宋臞翁詩集一卷長樂敖陶孫器之所著器之非江西詩派中人而詩深得江西之體其評詩最精嘗自云此評手書兩紙一貽莆陽劉潛夫一貽同舍朱仁叔其自貴重如此韓平原當國時題詩臨安酒家壁弔趙忠定公云九原若遇韓忠獻休說渠家末代孫幾罹于禍亦

奇男子也

句曲外史雜詩一卷元張雨伯雨著詩多拗體予最喜其絕句如凌波仙子塵生襪空谷佳人玉鍊容不奈天寒風露早日高猶傍錦熏籠三香圖弁山南下幽人宅萬箇長松水一瓢月到三層樓上夢鯉魚風起駕春潮萬壑松濤鷄犬茅茨接瞑煙平林如薺遠連天急披奇句無人賞已近飛鴻滅沒邊黄子久畫頗有坡谷遺風自題云乙酉歲自春徂夏霪雨時多日處幽篁中未有褁飯過子桑

者閑弄筆研寫詩盈册以自料理耳詩凡五十五首子英過之持去勿示不知我者雨告

章邱李中麓太常開先藏書畫極富自負賞鑒嘗作畫品次第明人以戴文進吳偉陶成杜堇為第一等倪瓚莊麟為次等而沈周唐寅居四等持論與吳人頗異王弇州與之善嘗言過中麓草堂盡觀所藏畫無一佳者而中麓謂文進畫高過元人不及宋人亦未足為定論也畫品略云戴文進如玉斗精理佳妙復是巨器吳小仙如楚人戰鉅鹿下猛氣橫發加于一時陶雲湖如富春

先生雲白山青悠然野逸杜古狂如羅浮早梅巫山朝雲仙姿靚潔不同凡品莊麟如山色早秋微雨初沐倪雲林如几上石菖蒲其物雖微以玉盤盛之可也唐六如如賈閬仙身則詩人猶有僧骨宛在黃葉長廊之下石田而下無譏焉

宋予祠之制予昔與亡友葉訒菴侍郎辯之載池北偶談然語焉弗詳也考趙昇朝野類要云舊制有三京分司之官乃退閑之祿神宗置宮觀之職以代之取漢祠官祝釐之義雖曰提舉主管某宮觀實不往供職也故奏請者多以家貧指衆為詞降旨則曰依乞差某處宮

觀任便居住惟京師宫觀不許外居此雖優士大夫之
典而儕衣冠于道流亦自非理

笭箵之箵有平上二讀元次山能帶笭箵全獨而保生
蘓子美松江觀漁詩擬來隨爾帶笭箵謝幼槃嚴陵詩
身前萬事一笭箵皆在青韻今小本詩韻止收笭字誤
宋二謝無逸逸幼槃邁皆江西詩派中人潘邠老亦派
中人也幼槃竹友集云邠老嘗作詩云滿城風雨近重
陽邠老亡後無逸兄用此句足成四篇今去重陽只數

日風雨不止淒然有懷作二絶句念泉下二人不再作不覺流涕覆面詩云地下修文兩玉人清詩傳世墨猶新却因風雨重陽近獨立蒼茫淚一巾阿兄温潤玉介尊我友澹薄朱絲絃只疑蟬蜕遊人世醉插茱萸若箇邊邠老詩句至今藝苑流傳為重陽故實而二謝同時有詩迄無知者因識之續成一則詩話亦使邠老不寂寞也集十卷詩七卷雜文三卷文雅潔楚楚有法度不減其詩

陸放翁晚節以韓侂胄南園記為世口實葉紹翁三朝聞見錄云有鄭棫者嘗第進士自作南園記礱石以獻韓以陸記為重仆鄭石瘞之地韓敗棫竟得免人固有幸不幸哉

宋張孝祥于湖集僅四卷門人謝堯仁弟華文閣直學士孝伯序之于湖紹興甲戌狀元高宗謂為謫仙人天性倜儻勇于為義真西山目于湖生平雖跌宕至于大綱大節處直是不放過每作為詩文輙問門人視東坡

何如丙堯仁謂其水車詩活脫是東坡然較蘇氏畫佛入滅次韻水官韓幹畫馬等數篇尚有一二分劣又謂以先生筆勢讀書不十年吞東坡有餘矣觀集中詩亦是學步江西尚未到後山境界遽欲上擬坡公妄矣在南渡之初亦下放翁遠甚

唐衡州刺史吕温集十卷詩二卷雜文八卷温于詩非所長贊頌等時有奇逸之氣如史所稱凌煙閣功臣贊張始興畫像贊及集中三受降城古東周城望思臺成

皐諸碑銘皆有可傳者惟武侯廟記持論頗謬同時劉禹錫柳宗元亟稱之温亦伾文之黨八司馬之貶以使吐蕃獨免于禍與竇羣羊士諤共傾李吉甫而其父渭亦附裴延齡皆非長者葢其門風如此

宋姜夔堯章白石集予鈔之近百首葢能叅活句者白石詞家大宗其于詩亦能深造自得自序同時詩人以温潤推范石湖痛快推楊誠齋高古推蕭千巖俊逸推陸放翁白石游于諸公間故其言如此其詩初學黃太

史正以不深染江西派為佳

唐沈亞之下賢集十二卷昔人謂其工為情語善竅寵之思觀集中秦夢記異夢録湘中怨詞歌者葉記等信矣然頗類傳奇小説姚鉉纂不之録毋亦以其誕謾不經耶至以滄寇李同捷之誅朝廷與栢耆牽連同貶實以兩河諸將之譖姑謫罰以悦其心耳而晁公武遽以為亞之狂躁輔耆為惡愚矣哉吾讀下賢與鄭使君書而悲之

李白云興寄深微五言不如四言七言又其靡也此獨謂三百篇耳若後來韋孟等作有何興寄但如嚼蠟耳風雅中如燕燕于飛差池其羽我來自東零雨其濛鸛鳴于垤婦嘆于室昔我往矣楊柳依依今我來思雨雪霏霏蕭蕭馬鳴悠悠旆旌其新孔嘉其舊如之何等句後千萬世縱有能言更從何處著筆耶

徐公文集三十卷南唐徐鉉寶臣著宋都官員外郎胡克順所撰天禧中表上批答甚優五代時中原喪亂文

獻放闕惟南唐文物甲于諸邦而鉉鍇兄弟與韓熙載為之冠晃常侍詩文都雅有唐代承平之風入宋與湯悅即殷崇義奉詔撰江南録至金陵亡國之際不言其君之過但以歷數為言諱後主文尤極悱惻讀者悲之老學叢談記常侍入汴市一宅居後見宅主貧甚曰得非市宅虧價而至是耶吾近撰碑文獲潤筆二百千可以相濟其人堅辭亟命左右輦致之其厚德如此集外又有稽神録若干卷予家亦有寫本

虎為西方猛獸毛族皆畏之然觀傳記所載能制虎者不一而足如師子銅頭鐵色能食虎豹駮如馬一角食虎豹茲白出義渠國食虎豹酋耳似虎遇虎則殺之䶂犬能飛食虎豹黄腰形似鼠狼取虎豹心肝而食竹牛能伏虎生子竹中虎行過即懾伏又蝟能制虎諸臯記狒胃食虎猾無骨入虎腹自内齧虎漢武帝時西域貢獸如貍以付上林虎見之閉目不敢視或曰猛獝也五色師子食虎于巨木之岫近見南海子象與虎鬭往往

殺虎則虎之威亦僅僅耳

康熙十五年餘姚有客山行夜宿山神祠夜半有虎跪拜祠下作人言乞食神以鄧樵夫許之明晨伺于祠外果見一樵過之逆謂曰子鄧姓乎曰然因告以夜所聞且戒勿往鄧曰吾有母仰食于樵一日不樵母且饑死生命也吾何畏哉遂去不顧客隨而覘之樵甫採薪虎突出叢箐間樵手搏數合持虎尾盤辟久之虎不勝憤乃震哮一躍拔尾負痛遁去樵逐而殺之客逆勞之樵

曰感君高義盡導我至廟下既至大詬以死虎示神曰今竟何如遂碎其土偶樵一笑躍上神座瞑目而逝鄉人重爲建祠額曰鄧公廟

上諭戸部蠲免山東康熙四十三年地丁錢粮刑部尚書臣士禎大理寺卿臣李斯義等公疏謝

恩

十月十一日

駕幸西安府閲駐防滿洲兵馬

上諭蠲免山西所欠穀草大學士臣吳琠臣陳廷敬等

公疏謝

恩

蠲免陝西四十二年以前積欠錢糧右春坊贊善臣范

光宗等疏謝

山西平定州知州劉學嘉上疏爲其父劉欽鄰請謚略

云臣父其係順治辛丑科進士原任平樂府富川縣知

縣康熙十三年值孫逆延令叛亂罵賊殉節仰蒙

聖慈溫綸洊錫優贈太僕寺少卿廕子入監讀書
特賜祭葬以小臣疊邀異數臣捐糜頂踵難報高厚于
萬一但查蘊松糧道臣馬逸姿伊父馬琛原任永嘉縣
知縣與溫處道臣陳丹赤同時殉節屢被
聖恩優恤四十二年
皇上南巡逸姿為父請謚仰蒙俞允臣父欽鄰死節與
琛正同幸逢
聖駕西巡誠千載一時之會用敢披瀝下誠援例上請

懇照馬璟之例一體予諡奉
旨下部議
賜諡忠節
特起前贛南都副使劉蔭樞為雲南按察使蔭樞韓城
人官給事中有剛直聲外轉詿誤革職家居至是由廢
籍擢用人皆誦
知人之明云
十月蒙

恩賜内閣九卿西域蒲桃人二株臣以尚書與焉

十二月恭領

萬壽節

覃恩誥命三軸祖父皆資政大夫

經筵講官刑部尚書祖母母皆夫人已階資政大夫妻贈夫人

特擢提督山西學政翰林院侍讀汪灝内閣學士兼禮

部侍郎兼督陝西學政

禮部右侍郎王頊齡轉左侍郎以内閣學士王九齡爲

禮部右侍郎同胞兄弟也其胞弟鴻緒時為工部尚書
兄弟三人同時入座
特諭蔚州壬戌進士魏學誠改官翰林故刑部尚書象
樞子也以其父居官清正故有是
命
學士初無大稱唐中宗欲以寵大臣始有大學士之名
五代有文明殿大學士為宰相兼職明設華蓋文華武
英三殿文淵東閣大學士凡五正五品後又添設謹身

殿大學士而為六加尚書乃為正二品
王西寧仲威（鉞）暑牕臆說說山繭一條甚悉可補孫文
定（廷銓）山蠶說所未及輙錄于此藥溪談記禹貢萊夷作
牧厥篚檿絲爾雅曰檿山桑師古曰山桑之絲其韌中
琴瑟之絃蘊氏曰惟東萊有此絲以之為繒堅韌異常
萊人謂之山繭紬爾雅又曰蟓桑繭讐由樗繭今萊陽
之山繭紬蓋樗繭也按山繭即禹貢之檿絲今之山紬
樗繭又別一種乃今之椿紬也樗不才木也土人嫌其

名故借名椿取莊子大椿之義然則爾雅所云𧒂桑繭即今山桑𣡌繇是也䨮由㯹繭今㯹繇借名椿繭是也山東謂㯹為臭椿

又記燕窩一條云燕窩名金絲海商云海際沙洲生䗲螺臂有兩肋堅潔而白海燕啄食之肉化而肋不化并津液吐出結為小窩啣飛渡海倦則棲其上海人依時拾之以貨又云紫色者尤佳湖海搜奇又云出廣東陽江縣乃海燕採小魚營巢故名燕窩

陳晉州士業(弘緒)云極喜古琴銘四句云山虛水清萬籟蕭蕭古無人蹤惟石嶕嶢能理會此段便是羲皇以上人王山史(弘撰)嘗取俞益期牋云步其林則寥朗庇其蔭則蕭條可以長吟可以遠想

士業又云陸務觀梅宛陵別集序蘇翰林多不可古人惟次韻和淵明及先生二家詩而已是坡公又有和梅之作今集中無可考見亦未有知其事者矣

宋閨秀李清照號易安居士吾郡人詞家大宗其集名

漱玉而詩不槩見兄西樵昔撰然脂集采摭最博止得其詩二句云少陵也是可憐人更待明年試春草此外了不可得陳士業寒夜録乃載其和張文潛浯溪碑歌詩二篇未言出于何書予撰浯溪考因録入之詩云五十年功如電掃華清花柳咸陽草五坊供奉鬬鷄兒酒肉堆中不知老鞾鼓忽自天上來逆奴亦是姦雄才勤政樓前走戰馬珠翠踏盡香塵埃何為出戰輙披靡傳置荔支多馬死堯功舜德本如天安用區區紀文字著

功銘德真陋哉乃令神鬼磨山厓子儀光弼不自猜天
心悔禍人心開夏為殷鑒當深戒簡策汗青今具在君
不見當時張說最多機雖生已被姚崇賣又驚人興廢
傳天寶中興碑上今生草不知負國有奸雄但說功成
尊國老誰令妃子天上來虢秦韓國皆天才苑中羯鼓
玉方響春風不敢生塵埃姓名誰復知安史健兒猛將
安眠死去天尺五抱甕峯峯頭鑿出開元字時移勢去
真可哀姦人心醜深如崖西蜀萬里尚能返南內一閑

何時開可憐孝德如天大反使將軍稱好在嗚呼奴輩
胡不能道輔國用事張后尊祇能道春薺長安作斤賣
右二詩未爲佳作然出婦人手亦不易矧易安之逸篇
乎故著之
馮吉少卿五代相道之子世但知其無賴不知其頗有
文學釋文瑩玉壺清話云吉凡賓僚飲讌常爲不速之
客酒酣輙彈琵琶彈罷起舞舞罷賦詩自謂馮三絶嘗
撰昭憲太后謚議舉朝嗟服予謂此子欲學晉人作達

當不減謝鎮西勝長樂老多矣可謂幹父之蠱者也
宋戚密學綸初知太和縣每當歲時與囚約曰放汝暫
歸祀祖先櫛沐蟣蝨民感其惠皆及期而還無敢後者
此與唐太宗縱囚何異近見吳江鈕玉樵琇所記亞獹音來
事尤奇亞獹者廣東增城縣獄卒也為人樸愿萬歷
戊午歲逼除獄囚五十餘人相聚而泣亞獹問之對曰
歲朝將届邑之人父母妻子皆得聚首吾曹獨陷縲絏
相見無由是以悲耳亞獹俛首良久曰無難也但汝曹

勿負我衆環叩其故曰與爾輩約各還爾家俟正月二日畢赴獄我縱爾罪當死爾不來我當死爾來而一或不至我當死即不釋爾而吾算盡亦無所逃死等死耳何如為此一事快然而死也言已悉縱之明年新正二日囚悉至如期集者按籍呼之不逸一人亞䖍鼓掌大笑曰善哉遂趺坐而化衆哭拜浴其體而加漆焉事聞于縣縣上巡按御史聞于朝以為縣之獄神廟祀至今疾病疫癘禱之其應如響陸文定公耆餘雜志云蘄州

刺史呂元膺當録囚囚白有父母在元旦不得歸省呂釋械放歸如期而至又臨淄令曹攄囚陷大辟新歲聞知其有父母放令歸家至期歸獄正歐陽子所謂以君子之難能責小人之尤以必能者也然而太宗賢君也戚呂曹士大夫也亞濜一獄卒耳而能為賢君名臣之所為不尤異乎

宋牧仲中丞行賑邳徐間于村舍壁上見二絶句不題名氏真北宋人佳作也橫笛何人夜倚樓小庭月色近

中秋涼風吹墮雙梧影滿地碧雲如水流渺渺孤城白水環舳艫人語夕霏間林梢一抹青如畫應是淮流轉處山

歷下孫氏有別墅在濟南郡城下北十里而近其地四面皆稻塍與鵲華兩山相望園中有泉相傳趙松雪洗硯泉也一日園丁治蔬畦得石刻于土中洗剔視之乃松雪篆書二詩抱膝獨對華不注孤吟四面天風來泉聲振響暗林壑山色滴翠落莓苔散髮不冠弄柔翰舉

杯白月臨空壻有時扶筇步深谷長嘯袖染煙霞回竹林深處小亭閑白鶴徐行啄紫苔羽扇不摇紗帽側晚涼青鳥忽飛來同知濟南路總管府事趙孟頫題松雪篆不多見此石刓缺處惜為石工以意修補寖失古意今其地名硯溪在濼口之北

康熙丙子余以祭告使秦蜀過劒州之南門外有小廟一區方改作問之曰鄧艾廟也余謂不祀姜伯約反祀鄧艾于義悖矣乃從來有司無昌言毀之者何也欲賦

詩正之未果後見唐人唐彥謙一詩云昭烈遺黎死尚羞揮刀斫石恨譙周如何千載留遺廟血食巴山伴武侯已先我而言之矣以此見三代之直不泯

亭皐木葉下隴首秋雲飛太液滄波起長楊高樹秋皆柳文暢詩也六朝名句灼然在人耳目者而某詩話謂吳興趙孟頫有句云云置之齊梁矯矯有氣可謂眯目人道白黑而詩話類編取之亦不注作者名氏閱之不覺捧腹當是松雪嘗書二詩渠遂謂是趙作耳又如春

江欲入戶雨勢來不已小屋如漁舟濛濛水雲裏是坡公古詩首四句而朱隗撰明詩平論乃以為陳繼儒絶句蓋亦以陳嘗書此四句而誤也又姚佺撰詩源載一詩云白日騎羊三洞遠青天捫蝨萬峰高乃宋末人詩見謝翱天地間集而不之知

謝元暉洞庭張樂地李太白黃鶴西樓月二詩同是絶唱唐人劉綺莊詩桂楫木蘭舟飄江竹箭流故人從此去遠望不勝愁落日低帆影迴風引棹謳思君折楊柳

淚盡武昌樓妙處不減謝李徐昌穀洞庭葉未下一篇尤為清警右四詩皆奇作也

頃有太學生某來謁言近日仕宦子弟競尚一書書肆價直為之頓貴因叩何書某俛首久之對曰似是文選昭明余匿笑而罷

明詩至楊升菴另闢一境真以六朝之才而兼有六朝之學者其詩如詠柳垂楊垂柳綰芳年一篇世共知之又古意凌波洛浦遇陳王鷓鴣詞秦時明月玉

弓縣關山月迢迢賤妾隔湘川出關擬唐人狼弧芒角正彎環塞下曲長榆塞上接龜沙諸篇工妙天成不減前作又青蛉行寄內絕句亦絕妙大抵皆自古樂府出益都王遵坦太平論明詩推新都為性之者亦自有見

王端簡公弘祚字王銘滇之永昌人為戶部尚書時嘗屬余選張含禺山集余尤喜集中穎川侯祠一篇足稱詩史至結句云陰風古樹無窮恨長為英雄弔九泉可

以泣鬼神矣

丹鉛録云麗情集載湖州妓周德華者乃劉采春女也唱劉夢得柳枝詞云云此詩甚嘉而劉集不載余按此乃白樂天詩詩本六句非絶句題乃板橋非柳枝葢唐樂部所歌多翦截四句歌之如高達夫開篋淚沾臆本古詩止取前四句李巨山山川滿目淚沾衣本汾陰行止取末四句是也樂天詩云梁苑城西三十里一渠春水柳千條若為此路今重過二十年

前舊板橋曽與美人橋上别更無消息到今朝板橋在今汴梁城西三十里中牟之東唐人小說載板橋三孃子事即此與謝元暉之新林浦板橋異地而同名也升菴博極羣書豈未睹長慶集者而亦有此誤取耶

南海鄺露湛若嶠雅有詩云峻嶺極金濲摩天見九真初見鈔本作金鄰出吳都賦後讀升菴集云張籍蠻中詩銅柱南邊毒草春行人幾日到金濲金濲交趾地名

水經注所謂金潾清渚是也潾與鄰通今刻本作麟非
詩話類編又一條最可笑者併書之以發一噱云唐高
適官兩浙觀察使過杭之清風嶺題詩云絶頂秋風已
自涼鶴翻松露滴衣裳前山月落一江水僧在翠微開
竹房至台州事竣復登僧房欲改為半江僧言月前有
一官過此稱詩佳矣但一字不如半字適驚問何人僧
曰義烏駱賓王也勿論二人之世遠不相及此詩乃晚
唐任翻巾子山寺詩亦非達夫作達夫又未嘗為兩浙

觀察使乃駱既代宋之問吟樓觀滄海日矣又為達夫改此半江何其不憚煩耶遇宋時已稱老僧何時鍊形住世又還俗為官人而為此僧熟識耶

具區志止載魏信陵投江禱雨文余讀洪文敏萬首絶句載信陵詩三首一過真律師舊院一酬談上人海石榴一出自賊中謁恒上人詩皆不工而信陵篇什賴此尚存後世按信陵貞元元年鮑防下及第以六年為望江令白樂天秦中吟云身殁欲歸葬百姓遮路岐攀轅

不得歸留葬此江湄則信陵卒于官未嘗遷秩審矣不知何時謟賊豈未第以前事耶

余康熙乙巳春將去廣陵偶以公事至如臯冐辟疆襄約余修禊水繪園别業時通州八十老人邵潛潛夫及宜興陳維崧其年縣人許嗣隆山濤及冐氏諸子咸在坐分體賦詩余得七言古體坐湘中閣立成十章黄岡杜濬于皇後至他日或問之曰阮亭詩如何杜曰酒酣落筆摇五嶽詩成嘯傲凌滄洲又問君詩如何曰但覺

高歌有鬼神誰知餓死填溝壑

山西興縣去城十里許有一洞洞中有二小人長尺許衣似樹葉時出洞門坐立冬即罕出見潄石閑談此與月山叢談所記相類

徐東癡夜高士隱居系水之東蓬門晝掩惟余兄弟時過之先兄西樵贈詩云美人自牧能貽我名士如蠅總附君余時尚少亦有句云湘東品第留金管江左風流續玉臺諷之輙想見其人

吳地記云琴高宅在交讓橋法海寺西五十步又有乘魚橋郡人丁海與琴高友善共營東皐之田行田畔忽見大鯉魚長丈餘法海試上魚背凝然不動琴高登之即飛騰冲天而去按列仙傳琴高趙人乘鯉入涿水又有仙蹟在涇縣之琴溪溪出小魚如丙穴名琴魚而法海自是寺名乃傳會以為人名鄙謬極矣因論馮驩三士事連類及之以資嗢噱

香祖筆記卷五

香祖筆記卷六

刑部尚書王士禛撰

康熙四十三年三月西城外有盜發古冢視其誌銘乃明特進榮禄大夫柱國食禄一千一百石修武伯沈清墓也清字永清滁州人洪武壬申嗣其父為燕山前衛百戶守禦開平永樂間五從車駕北征有功累陞本衛世襲指揮同知洪熙中陞後軍都督府僉事賜蟒龍衣

充參將鎮守大同尋命爲總兵官鎮居庸宣德中征樂安州破兀良哈北狩洗馬嶺皆扈從陞都督同知總督官軍匠作修造京師城垣濠塹橋道正統中陞左都督勅諭提督營建奉天華蓋謹身三殿乾清坤寧二宫正統辛酉告成特陞今爵錫誥券子孫世襲以八年夏四月戊戌薨年六十七葬阜城關北原子榮孫煜留守中衛指揮王淳撰文下聚書龔善同篆予考弇州仁宣以後功臣伯表無清名故具録之

李龍眠五馬圖一卷後題云右一疋元祐元年十二月十六日左騏驥院收于闐國進到鳳頭驄八歲五尺四寸右一疋元祐元年四月初三日左騏驥院收董氊進到錦膊驄八歲四尺六寸　右一疋元祐二年十二月廿三日於左天駟監揀中秦馬好頭赤九歲四尺六寸　元祐三年閏月十九日溫溪心進照夜白　右止有四馬闕一

余嘗評伯時人物似南朝諸謝中有邊幅者然中朝士大夫多嘆息伯時當在臺閣僅為善畫所累余告之曰

伯時邸壁中人覺熱之聲名儻來之軒冕殊不汲汲也此馬騆駿頗似吾友張文潛筆力瞿曇所為識鞭影者也黄魯直書　余元祐庚午歳以方聞科應詔來京師見魯直九丈于酺池寺魯直方為張仲謨箋題李伯時天馬圖魯直顧余曰異哉伯時貌天廐滿川花放筆而馬殂矣蓋神魄皆為伯時筆端取之而去實古今異事當作數語記之後十四年當崇寧癸未余以黨人貶零陵魯直亦除籍徙宜州過予瀟湘江上與徐靖國朱彦

明道伯時畫殺滿川花事云此公卷所親見余曰九大當踐前言記之魯直云只少此一件罪過後二年魯直死貶所又二十七年余將漕二浙當紹興辛亥至嘉禾與梁仲謨吳德素張元覽汎舟訪劉延仲于真如寺延仲遽出是圖開卷錯愕宛然疇昔撫時念往逾四十年憂患餘生巋然獨在徬徨弔影殆若異身也因詳叙本末且以玉軸遺延仲使重加裝飾云空青曾紆公卷書

右毘陵莊氏家藏

毘陵大姓朱氏畜一古大盤盤中凹處有鴨形或漁于湖得一銅鴨朱以賤直購之以合盤中鴨影不爽銖黍注水于盤鴨輙浮起游泳而浴始知寶之右見庚巳編

王介甫唐詩百家選全本近牧仲開府寄來新刻乃常熟毛扆所得江陰某氏藏本計百有四人有乾道己丑蘭臯倪仲傳序畧云予自弱冠肄業於香溪之門嘗見是書頃有親戚宦南昌得之臨川以歸惜其道遠難致且字畫漫滅故鏤版以新其傳云余按其去取多不可

曉者如李杜韓三大家不入選尚自有説然沈宋陳子昂張曲江王右丞韋蘇州劉眘虚劉文房柳子厚劉夢得孟東野槩不入選下及元白温李諸家不存一字而高岑皇甫冉王建數子每人所録幾餘百篇介甫自序謂欲觀唐詩者觀此足矣然乎否耶世謂介甫不近人情于此可見故物自可寶惜然謂為佳選則未敢謂然請以質諸後之善言詩者當知余言不妄

白醉璅言 王兆雲著 載孟中丞者好藏墨有一挺為朱紫陽

欵是南宋故物又云羅文龍墨如空青水碧珊瑚木難

兩山墨談 陳霆著 云長淮為南北大限自淮以北為北條凡水皆宗大河未有以江名者自淮以南為南條凡水皆宗大江未有以河名者二條之外北之在高麗者曰混同江曰鴨緑江南之在蠻詔者曰大渡河皆在荒徼外禹跡之所略也

又云朋黨二字為萬世之禍始見于漢書蕭望之周堪劉更生同心謀議弘恭石顯奏三人朋黨此王伯厚之

言也按逸周書載穆王作史記以自警云昔有果氏好
以新易故新故不和内爭朋黨陰事外權有果氏以亡
則朋黨之說其來尚矣
又云晏子䆿吟而䆿啼蒼莽踟蹰四顧而無人聲流光
馳景却顧于斷蹊絶壑之下雲雨之所出入也壠耕溪
飲為力也佚而坐嘯行歌可以卒歲春秋之世豈有如
此語言必晋宋間文人僞作余謂此段文字不甚類晋
宋間人絶似唐柳子厚劉夢得孫樵輩造語周夔到難

一篇亦庶幾爾

唐人作集序例敘其人之道德功業如碑版之體後則歷舉其文某篇某篇如何如何不勝更僕如獨孤及權德輿諸序及英華文粹所載皆然千篇一律殊厭觀聽至昌黎始一洗之若皇甫湜作顧況集序亦能不落窠臼可以為法

文選而下惟姚鉉唐文粹卓然可觀非他選所及其録詩皆樂府古調不取近體尤為有見余嘗取而删之與

英靈間氣諸集刪本都為十種竝行于世亡友姜編修西濵宸英又嘗刪其賦頌碑誌序記等雜文為一編西濵殁此書不知流落何處其從弟宸蕚字友棠余門人也當訪之

王逢原吉梧溪集有過廣浦聰上人觀湖廣郎中余闕撰書濚河化成寺碑記淮西憲僉王士熙篆額詩士熙吾鄉東平人士熙懋學之弟常輯禁扁若干卷余家有鈔本又有陳架閣録示至正十一年死節臣屬禿公以

下十三人王偰以下九人徵詩首云是年二月山東副都元帥禿堅里帥出鄒平縣中流矢死令鄒平誌不及載當補入之

梧溪集七卷乃景泰七年丙子南康府知府陳敏政重刻陳作後序述原吉家世甚詳原吉有子掖洪武初任通事司令轉翰林博士兼文華殿經筵事卒官掖子徠嘗以才德薦至京師未官而卒子輅宣德中以秀才舉授南康府照磨未幾卒二子曰顏曰孟不能歸遂僑居

星子之東澗祖母黃母徐躬紡績以教二子俱有成云集首有至正間周伯琦汪澤民二序序言原吉初學詩于延陵陳虞卿虞卿與柯敬仲俱事虞邵菴得其傳與有元盛時楊范詩公齊驅惜未著其名俟載考之虞卿官東流尹亦序云

甲申夏不雨暑酷甚偶讀鍾退谷集雜文有扇箴銘云藏汝逸女女曰棄捐吾烏見夫僕僕懷袖者之能終其天年哉余感嘆其言因注其旁云殺君馬者路旁兒當

下比一轉語

廣陵陸衖字無從隆萬閒有詩名江都友人貽其集末有張君某為作小傳云無從少游京師議李西涯伴食中書投詩云回首湘江春草緑鷓鴣啼罷子規啼云云按陸上距弘治之世遠不相及安得以此詩屬之誤矣

鍾佺初名恬字叔靜竟陵人惺之弟也以諸生終其詩絶有風骨不肯染竟陵習氣古詩如大將雖自貴少小為奴隸男兒不殺賊自應死邊城夢想通侯貴意氣始

得雄近體如桐新春後葉竹正午時陰皆佳境有半蔬園集惜不傳

余于唐人之文最喜杜牧孫樵二家皮日休文藪陸龜蒙笠澤叢書抑其次焉一日偶讀震澤集其跋樵集後云昌黎海也不可以徒涉涉必用巨筏焉則可之是也又書日休集後云予觀襲美與陸魯望唱和跌宕怪偉所謂兩雄力相當者及讀文藪多感慨激昂文中子碑配饗昌黎請孟子為學科又幾于知道者益嘆前輩鑒

識之允議論之公固先得我心之所同然而余一知半解亦自有與古人暗合者録其言以自信

余嘗欲取唐人陸宣公李衛公劉賓客皇甫湜杜牧孫樵皮日休陸龜蒙之文遴而次之爲八家以傳恨敚于吏事不遑卒業俟乞體骨歸田後當畢斯志聊書此以當息壤

湖廣土司彭九霄之母有玉跳脱一隻中有一蟻歴歴分明自能蠕動又武林金編修家有猫眼寶石一枚其

晴正午則如一線過午即圓陸延枝說聽云

韻語陽秋記宋大觀中吳興人邵宗益剖蚌中有珠現阿羅漢相偏袒右肩矯首左顧衣紋畢具遂奉歸慈感寺供養寺臨溪流建炎中憲使楊應誠者與客傳玩忽越檻躍入水中禱佛求之一索而獲右與唐文宗食蛤事相類誠不可以儒家拘墟之見求之如余池北偶談所記廣陵銀杏樹中觀音大士像則又所目擊也

余嘗觀荊浩論山水而悟詩家三昧曰遠人無目遠水

無波遠山無皴又王樕野客叢書太史公如郭忠恕畫天外數峰略有筆墨意在筆墨之外也

嘉靖中陸浚明粲為給事中疏糾張孚敬桂萼上為罷二相旋以霍韜言召還陸坐是謫都匀驛驛丞林居十八年韜復有疏尉薦陸笑曰天下事壞于此輩僉人之手乃復欲以餘波汚我耶余嘗論韜平生真小人之尤黄宗羲輯明儒學案不當闌入觀浚明之言韜在當時物論可知矣洪洞范進士鄗鼎撰理學備考亦頗以

余言為然

古今傳記如拾遺記東方朔外傳之類悉誕謾不經然未有如諾臯記之妄者一事尤可捧腹云天翁姓張名堅字刺渴漁陽人少不羈常羅得一白雀愛而養之夢天劉翁責怒每欲殺之白雀輒以報堅堅設諸方待之終莫能害天翁遂下觀之堅盛設賓主乃竊乘天翁車騎白龍振策登天天翁追之不及堅既到天宮易百官杜塞北門封白雀為上卿劉翁失治徘徊五嶽作災堅

患之以劉翁為太山太守主生死之籍鄙倍至此不可以欺三歲小兒而公然筆之于書豈病狂耶叚柯古唐之文人何至乃爾

諾臯又載妬婦津乃劉伯玉妻叚氏字明光聞伯玉誦雒神賦自沉死武壘常過此津不敢渡先兄西樵過之有詩云解使金輪開道避斯人何減駱賓王亦快心語也

唐張祜詩内人已唱春鶯囀花下傞傞軟舞來按教坊

記伎女入宜春院謂之内人亦曰前頭人凡出戲日所
司先進曲名上以墨點者即舞謂之進點教坊人惟得
舞伊州餘悉讓内人如垂手羅回波樂蘭陵王春鶯囀
烏夜啼之屬謂之軟舞又有綠腰蘇合香屈柘涼州甘
州柘枝黄麞獮林胡渭州達摩支之屬謂之健舞又有
劒器胡旋胡騰等按記中所列曲名如小秦王武媚孃
皆李唐本朝事與吕太后並列不避忌竹枝本名竹枝
子與采蓮子漁歌子山花子水仙子南鄉子赤棗子生

查子等竝列今獨去子字但云竹枝若楊柳枝則其本名又有字舞花舞馬舞

倦游録載辛稼軒患疝疾一道人教以薏苡米用東壁黄土炒過水煮為膏服數服即消程沙隨病此稼軒以方授之亦效予苦疝十七年矣一日陳悅巖相國讀倦游録鈔以見示明日往暢春苑相遇予曰承公惠妙方當愈宿疴又以自負相國問何故予曰此疝辛稼軒程沙隨都曽害過正自不惡與二公同病相憐豈復尋常

人哉聞者皆為絶倒

廣州城南長壽菴有大池水通珠江潮汐日至池南有高閣甚麗可以望海其下曰離六堂主僧某乞一聯予為題云紅樓映海三更日石瀨通江兩度潮

唐詩人楊憑有中表竊其詩卷登第憑知之怒甚且詰之曰一一鶴聲飛上天在否中表荅曰知兄最愛惜此句不敢奉偷憑意解曰猶可恕也宋初朝士競尚西崑體伶人有為李義山者衣衫襤褸旁有人問君何為

爾答曰近日為諸館職撏撦故致此二事古今笑柄予四十年來所為詩人間多有其本其為人撏撦不少矣恐一一鶴聲飛上天亦非已有偶書之發一笑粲

王勉夫紀聞載東坡一日與歐陽公論五代史公曰修于此竊有善善惡惡之志坡曰韓通無傳烏得為善善惡惡公默然千秋公議當時坡公固已發之是謂諍子然劉壯輿作五代史糾謬以示東坡坡答以王介甫嘗謂其當修三國志其不敢當正畏知公之徒摭拾其後

耳

東坡詩筆妙天下外國皆知仰之子由使北詩云莫把

文章動蠻貊恐妨談笑卧江湖其盛名如此然當時尚

有指摘其用事之誤者予居易録中已言之王楙紀聞

又云吳人方惟深子通絶不喜子瞻詩文胡文仲連因

語及蘇詩清寒入山骨草木盡堅瘦方曰傚多自然有

一句半句道著也其狂僭至此譬蟯蛔轉糞語以蘇合

之香豈肯顧哉

嚴滄浪云王荆公百家詩選葢本于唐人英靈間氣集其初明皇德宗薛稷劉希夷韋述之流無少增損次序亦同儲光羲而下方是荆公自去取大歴以後其去取深不滿人意況如沈宋王楊盧駱陳拾遺張燕公張曲江王右丞賈至韋應物孫逖祖詠劉脊虛綦毋潛劉長卿李賀諸公皆大名家而集皆無之其序乃言觀唐詩者觀此足矣豈不誣哉今人但以荆公所選歛衽而莫敢議可嘆也與予前論暗合若符節益信予所見非謬

然予實不記憶滄浪先有此論也

戶部覆江西護巡撫印南贛道徐某覆商民蕭宗章等開採鉛錫疏略云南源山係附近名山之總名庾崇二縣接壤雖山間石土產有鉛錫然地處荒僻民居寥落兼之米價騰貴有無生事地方難必其無云云奉

旨開礦事情甚無益于地方嗣後有請開採者俱不准行大哉

王言洞見萬里矣

浙江巡撫副都御史張泰交疏言黄巖縣民葉中吉年一百三歲請

賜金建坊禮部覆准允行

朱昂梁周翰與楊億同為翰林學士時梁朱二公年老而楊甚少每輕侮之然考二公皆宋初最有文譽者而楊以後進乃敢輕侮杜詩晚將末契記年少當面輸心背面笑則子美亦嘗受惡少年之侮矣韓翃中唐詩人眉目兩邀人主特達之知晚在藩鎮幕後生至目為惡

詩詎文章耆宿例宜取侮後進小生耶顧楊大年正人亦爾則不可也僧文瑩玉壺清話云開寶塔成太宗特詔朱昂撰記文成敦崇嚴重上深加嘆獎與宗人朱遵度號大小朱萬卷與弟協稱渚宮二踈又詔舉賢良昂舉陳彭年杜鎬刁衎列章奏曰朱昂端介厚重不妄舉人況彭年實有才譽乞免召試備清問遂命以本官直史館則朱在當時物望可知又後苑宴侍臣賦詩梁得春字曰百花將盡牡丹圻十雨初晴太液春上特稱賞

嘗請修時政記從之二公本末如此予往見周翰所撰石敬瑭家廟碑石刻惜未購得耳後大年竟夭死石介至詆為文妖或亦少時輕薄之報耶龎文英文昌雜録言時政記始于唐文昌左丞姚璹至宋則周翰踵之有此請也

文昌雜録云鼎州通判柳應辰傳治魚鯁法以倒流水半盞先問其人使之應吸其氣入口中面東誦元亨利貞七遍吸氣入水飲少許即差按應辰官都官員外郎

常書夬字符于浯溪磨厓碑旁即其人也

唐宋京朝官遇令節即放假休沐又有旬休之例文昌雜録休假歲凡七十六日元日寒食冬至各七日天慶節上元節同天聖節夏至先天節中元節下元節降聖節臘日各三日立春人日中和節春分社日清明上巳天祺節立夏端午天貺節初伏中伏立秋七夕末伏秋社授衣重陽立冬各二日上中下旬又各一日包拯奏言每節假七日廢事頗多請令後祇給假五日當時京

朝官優游如此此風至明不復有矣然宋人猶謂每春花時祇于擔上見桃李何也

越中筍脯俗名素火腿食之有肉味甚腴京師極難致偶閲安老懷幼方載記芭蕉脯蓮子脯牛蒡脯法與製筍脯法略同録之蕉根有兩種一種粘者爲糯蕉可食取作手大片灰汁煮熟去汁再以清水煮易水令灰味盡取壓乾乃以鹽醬蕪荑乾薑熟油胡椒等研浥一兩宿取出焙乾略搥令軟食之全類肥肉之味又取嫩蓮

房去蒂去皮用新汲井水入灰煮浥如蕉脯法焙乾以石壓令扁作片收之又十月以後取牛蒡根洗乾去皮用慢火少煮勿太爛硬者熟煮幷搥令軟下雜料物如蕉脯法浥焙取乾又薝蔔鮓方薝蔔即梔子也采嫩花釀作鮓最為香美昔劉賓客餽白太傅菊苗虀蘆菔鮓換取樂天六班茶二囊有詩載集中

宋長安隱士高繹有古人絶行慶歷中召至京師欲命以官固辭還山特賜安素處士家甚貧妻子凍餒終不

以困故受人之饋遺閉門讀書而已右見龐文英文昌雜録末引處士譏种放詩且云志意修則驕富貴道德重則輕王公惟安素無慚矣予撰古懽録偶遺之遂録于此

雜録言唐德宗貞元十年七月賜故唐安公主謚莊穆此公主賜謚之始予撰謚法考未遑考證及此并録之

唐宫殿皆植花柳宋植楸槐明代皆無之

本朝沿明之舊

宋初諸公競尚西崑體世但知楊劉錢思公耳如文忠烈趙清獻詩最工此地人多不知予既著之池北偶談居易録二書覩李于田茭菰圃集載胡文恭武平宿詩二十八首亦崑體之工麗者惜未見其全聊摘録數聯于左函谷關漫持白馬先生論未抵鳴鷄下客功次韻朱況雨石牀潤極琴絲緩水閣寒多酒力微淮南王長生不待爐中藥鴻寶誰收篋内書南蕩槳遠從芳草渡墊巾還傍緑楊堤沖虚觀桐井曉寒千乳斂茗園春嫩一旗開趙宗道歸

第下江浦嘔啞風送櫓河橋勃窣柳垂堤注司馬相如賦云嫛婗勃窣上

金堤感舊粉壁已沉題鳳字酒壚猶記姓黃人塞上頡利請

盟金匕酒將軍歸臥玉門關殘花長樂夢回春寂寂武陵

人去水迢迢侯家彩雲按曲青岑醴沉水薰衣白璧堂前

檻蘭苕依玉樹後園桐葉護銀牀津亭西北浮雲連魏闕

東南初日照秦樓古別離佳人挾瑟漳河曉壯士悲歌易

水秋雪色欺曹國麻衣淺寒入荊王翠被深次韻徐爽見寄侏

儒自是長三尺避絖都來直數金早夏睡驚鶯語頻移枕

病起蛛絲半在琴風調與二公可相伯仲起結尤多得義山神理不具録

杜詩戸外昭容紫袖垂䕶唐制天子臨朝則用宫人引至殿上至天祐二年始詔罷之是全盛之時反不如衰亂之朝為合禮也故中宗時皇后公主及上官昭容往往與羣臣雜坐賦詩優伶至有裴談李老之謔可謂無禮之甚者而郎官直宿亦有侍女新添五夜香之句竟不曉侍女當是何色人也宋明已來乃為嚴重矣

本朝朝儀大朝日

駕出乾清門至保和殿稍駐大學士學士都察院左都

御史以下堂上官翰林起居注官于保和殿門外行三

跪九叩頭禮先行自甬道入太和殿後門出立簷下内

閣東立西向都察院西立東向然後

駕至太和殿陞座惟起居注班殿内在諸王之後亦儒

臣之極榮也

宋宰相班諸王之上樞密使班諸王下至明諸王始不

與羣臣齒列為得大體若唐宋以來皇子諸王尹京遙領節度使之類一切罷去尤為得體迨

本朝亦然凡大朝日諸王貝勒子謝

恩者皆拜于殿陛上與羣臣迥絶矣

吕正獻公喜釋氏之學及為相務簡靜士大夫罕接見惟談禪者稍得從容好進之徒往往幅巾道袍日遊僧寺隨僧齋粥覬以自售時人謂之禪鑽此真可一笑也

宋故事進士唱名宰執從官侍立左右有子弟與選者

唱名之後必降階謝康熙庚辰科館選庶吉士大學士
王文靖公之孫桐城張公敦復禮部尚書兼掌翰林院
事韓公慕廬之子皆中式及唱名皆自陳奏皆得邀
恩入翰林然不降階謝也
本朝京官三品已上陞遷
命下宣
旨後即赴後左門啟奏謝
恩仍于鴻臚寺報名候大朝日於太和殿謝

恩已卯十一月
上傳户部尚書馬公齊禮部尚書佛公倫吏部尚書熊
公賜履禮部尚書張公英皆拜相户部尚書陳公廷敬
轉吏書兵部尚書杜公臻轉禮書刑部尚書李公振裕
轉户書予以左都御史遷刑書同日
命下大學士伊桑阿公王公熙等于一統志館宣
旨訖隨同赴
乾清門啟奏謝

思此亦向時所未有也後旬日始以吏部左侍郎王公澤弘為左都御史則由吏部開列疏請云

徐度却掃編云嘗見杜祁公少時手書所節史記一編字如蠅頭筆筆端楷首尾如一且極詳備如禹本紀九州所貢名品略具焉是時刻本書尚未盛行前輩之苦心為學如此豈後人所及

宋時士大夫為王氏之學者務為穿鑿有稱杜子美禹廟詩空庭垂橘柚謂厥包橘柚錫貢也古屋畫龍蛇謂

驅龍蛇而放之菹也予童時見此說即知笑之語諸兄曰信如此則杜公之詩何殊今佛寺壁畫觀音救八難善財五十三參關侯廟壁畫五關斬將水淹七軍耶諸兄為之軒渠

徐敦立云唐人詩集行於世者亡慮數百家宋次道家藏最備嘗以示王介甫俾擇其尤者今百家詩選是也然則予前所云陳伯玉張道齊張曲江王右丞韋左司諸公之集次道家盡無之耶抑有之而見擯于介甫耶

如此等著闡之集皆無之何以稱備有之而不取尚得為有目人耶

徐敦立記陳去非語本朝之詩愼不可讀者梅聖俞也不可不讀者陳無已也此意殊不可解去非之學杜亦予所未解也

古來相業之盛莫如北宋劉莘老謝右僕射表曰君臣賡歌今百三十載勳名繼踵纔五十二人可見得人命相之難乃明末崇禎十七年間拜罷遂至五十人欲不

亂得予

宋宣和中三公三孤皆備太師童貫少師梁師成少保楊戩餘即蔡京王黼蔡攸鄧洵武之流凡十人而宦寺居其三予昔使廣州游光孝寺觀偽南漢所造鐵塔四角有諸僧題名列銜皆金紫大夫檢校工部尚書又當時崇尚宦寺士人多自宮以圖進用亂朝之舉措可笑如此

唐時有走馬應不求聞達科者傳以為笑宋亦置高蹈

邱園科許于本貫投狀乞應與唐正同名實相悖真可一噱也

古彩選始唐李郃宋尹師魯踵而為之元豐官制行宋保國者又更定之劉貢父則取西漢官秩陞黜次第為之又取本傳所以陞黜之語注其下其兄原父見之喜因序之而以為已作明倪文正公鴻寶亦以明官制為圖予少時偶病卧旬日無所用心戲作三國志圖以季漢為主而魏吳分兩路遞遷中頗參用陳壽書頗謂馴

雅有義例也

馮祭酒具區夢禎跋孫覿尚書尺牘云陽羨孫老得東坡棄婢而生尚書實坡公遺體予跋鴻慶集既辯之矣頃又考得一事坡往陽羨憩村舍見一童子頗聰慧出對句云衛門稚子璠璵器童子應聲曰翰苑仙人錦繡腸坡喜之童子即覿也然則遺體之說益知其妄矣予跋鴻慶集惜未睹此故再著之

南唐二徐鉉無子鍇有後人居攝山前開茶肆號徐下

郎家王銍性之常訪之銍鍇告勅具在又言嘗見鍇文集有南唐宮人喬氏出家誥今騎省集三十卷尚完楚金集則不傳矣泰和縣白鶴觀云有楚金書碑予以康熙甲子奉使東粵過之維舟特訪此碑亦不復存鍇謚文公

魏野詩數聲離岸櫓幾點别州山一篇最佳王彦輔記其一絶亦有風致可喜城裏爭看城外花獨來城裏訪僧家辛勤旋覓新鑽火為我親烹嶽麓茶

劒俠傳言嘉興一囚善繩技至戲塲捧繩百尺餘置諸地將一頭擲空中初抛二三丈次四五丈仰直如人牽之後乃抛至十餘丈仰空不見端緒其人隨繩身足離地髙二十餘丈勢如鳥隼旁飛遠颺望空而失又黙記載晏元獻罷相守潁州一日有人呈踏索之技已而擲索向空索直立縁索而上疾若風雨遂飛空而去不知所在公大駭有牌軍白曰頃出戍曽見此等事此妖術未能遽出府門但請闔譙門大索必獲之乃命衆軍凡

遇非衙中舊有之物即斧斫之最後至馬院一卒曰舊有繫馬柱五枚今有六何也亟以斧斫之乃妖人耳遂獲之

今浙西之杭州嘉興稱吴地錢塘江以東乃為越地故唐詩曰到江吴地盡隔岸越山多予讀吴越春秋闔閭五年吴南伐越破檇李左傳史記亦然越絶書語兒鄉故越界名曰就李就李即檇李然則春秋之時嘉興本越之北境初不隸吴唐詩云云非也

宋元論唐詩不甚分初盛中晚故三體鼓吹等集率詳中晚而略初盛攬之憒憒楊仲弘唐音始稍區别有正音有餘響然猶未暢其說間有舛謬迨高廷禮品彙出而所謂正始正音大家名家羽翼接武正變餘響皆井然矣獨七言古詩以李太白為正宗杜子美為大家王摩詰高達夫李東川為名家則非是三家者皆當為正宗李杜均之為大家岑嘉州而下為名家則確然不可易矣

吳越春秋句踐休息食室于氷厨今稱人庖厨曰氷厨本此

續夷堅志又載党承旨藏周亞夫印東鹿柴楫主歷城簿得彭宣弘印臨淄農夫鄭某耕田得方寸銅印紐作九猿猴細小如豆諦視之形狀纖悉畢備鄭未有子自此産九男

近日金華刻元陳樵鹿皮子集郡人盧騤所編刻于明正德戊寅令邵陽縣丞會稽董肇勳重刻于婺郡凡古

賦十五首為一卷詩三卷卷首載宋文憲公所撰墓銘萱有序頗佳又云原刻有慈谿周旋序佚去不載甲申潢自秦中以卓異入京陛兄來淛以是書為贄惜未暇晤其人

香祖筆記卷六

總校官候補知府臣葉佩蓀

校對官中書　臣趙懷玉

謄録監生臣　胡是光

清·王士禛 撰

香祖筆記

（二）

中國書店

詳校官編修臣周瓊

香祖筆記卷七

刑部尚書王士禛撰

越處女與勾踐論劍術曰妾非受于人也而忽自有之司馬相如答盛覽論賦曰賦家之心得之于内不可得而傳詩家妙諦無過此數語

西京雜記戚夫人善鼓瑟擊筑歌出塞入塞望歸之曲此遠在十九首蘇李之前漢詩最古者惟此及安世房

欽定四庫全書

中歌耳晉樂志以為李延年造不知何據今在樂府橫吹郭茂倩樂府詩所載則始六朝劉孝標王褒諸人而古辭不傳可惜也

西京雜記杜子夏臨終作文曰魏郡杜鄴立志忠款犬馬未陳奄先草露骨肉歸于后土魂無所不之何必故邱然後即化封于長安北郭此焉宴息按此即後人自祭文自譔墓誌之始

三國志蘇則傳云仕宦不止執虎子虎子溺器也

西京雜記言漢朝以玉為虎子侍中執之視玉杯象箸相萬矣而後世不議其奢僭何也

太史公報任安書全軀保妻子之臣隨而媒孽其短漢書注師古曰媒如媒妁之媒孽如麴孽之孽又曰齊人謂麴餅為媒今吾鄉之語猶然然以媒作糜終不如作媒之古

太史公傳司馬氏本程伯休父之後而劉歆以為史佚後又云遷作景帝本紀極言其短及武帝之過帝怒削

去之後坐李陵下蠶室有怨言下獄死與傳皆不合未知歆何所據也

曹孟德作疑冢七十二又遺令婕妤伎人時時登銅雀臺望吾西陵墓田予常笑之謂操體魄果藏西陵即不必作疑冢既作疑冢體魄且不知散落何許雖望陵作伎寧復聞之可謂詐而愚矣故友劉考功公㦸董侍御玉虬皆為捧腹而躄之

樂府詩云緑蛇含珠丹初讀之謂偶然語耳非有故實

後觀鄴中記云魏宮中有綠蛇口有赤珠若梧子大甄后每梳妝則盤結一髻形于后前因效而為髻號靈蛇髻乃知樂府用此事也

韻語陽秋載錢起贈杜牧詩今坊刻襄陽集有贈孟郊詩皆可一噱

仙人屏絕塵壒游于太清然如上元夫人欲嫁封陟紫素元君欲從任生之類殆不可曉至如文殊三處過夏一月在婬舍及婆子燒菴公案復是何理恐妄解禪縛

適為俗人學鳩摩羅什一輩藉口也

謝在杭文海披沙云虱瘕黃龍浴水治之應聲蟲雷丸及藍治之食肺系蟲獺爪治之膈食蟲藍汁治之人面瘡貝母治之

唐牛僧孺人稱太牢楊虞卿稱少牢京師語曰太牢手少牢口謂牛善為文楊善言說也白樂天不失為賢者而黨于二牢未免為累每讀長慶集輒惜之不啻如癰疽瘠環耳

道書多荒誕不經可為笑柄如謂牽牛娶織女借天帝二萬錢下禮久而不還被驅在營室之間此與段柯古天帝白鵲事類

東坡守揚州始至即判芍藥牡丹之會自云雖殺風景且免造業余少時為揚州推官舊例府僚迎春瓊花觀以妓騎而導與太守節推各四人同知已下二人既竣事歸而宴飲仍令歌以侑酒府吏因緣為奸利予深惡之語太守一切罷去揚人一時誦美之與坡公事頗相似

附識于此

東坡先生知登州問徐神翁學道之要答曰勿作官即好及南遷過海頻濱曰吾兄知信其言而不能用也

左思賦古度君遷北户錄云古度樹一呼那子故閩清林先輩茂之名古度字那子也南人又號曰揑日亞反其實大如櫻桃黄即可食過則化蛾及蚊飛去

北方有無核棗嶺南無核荔支有大如雞卯者其肪瑩白如水精

鹽煮于海惟河東寧夏有鹽池紅鹽池滇蜀有黑白鹽井河間鹽山縣以地產鹽故名非有山也獨元人西使記言過殢摕兒城徧山皆鹽如水精狀此則真鹽山耳

虛谷間鈔云徐太尉彥若赴廣南將渡小海于淺瀨得一琉璃瓶子中有龜長可一寸往來旋轉畧無暫已有賈人識之曰龜寶也

詩集句起于宋石曼卿王介甫皆為之李龔至作剪綃集然非大雅所尚近士大夫競以詩牌集字牽湊無理

或至刻之集中尤可笑
荆芥穗為末以酒調下三錢治中風立愈
治走馬疳用瓦壟子（比蚶子差小用未經鹽醬者）連肉火煅存性置
冷地用盞蓋覆候冷取出碾為末滲患處又一方馬蹄
燒灰入鹽少許滲患處
治痘瘡黑陷用沉香乳香檀香不拘多少放火盆內焚
之抱兒於煙上熏之即起
治懸癰取冬瓜一枚中截之先以一頭合癰候瓜熱削

去再合熱減乃已又一方用蒜泥作餅瘡上灸不痛灸痛痛者灸不痛即止

小兒耳後生瘡腎疳也地骨皮一味為末麤者熱湯洗之細者香油調搽已上諸方見蓼洲閒錄

唐德宗使段善本授康崑崙琵琶奏曰且遣崑崙不近樂器十年忘其本領然後可教後乃盡段之藝知此者可與言詩矣

嘗見一貴人買得柴窰盌一枚其色正碧流光四照價

餘百金始憶陸魯望詩九秋風露越窰開奪得千峰翠色來可謂妙于形容唐時謂之秘色也

南唐李主研山後歸米元章米與蘇仲恭學士家易北固甘露寺海嶽菴地宣和入御府事詳避暑漫鈔後又四百餘年不知更易幾姓而至新安許文穆國家已而歸嘉禾朱文恪國祚予戊辰春從文恪曾孫檢討彝尊京邸見之真奇物也檢討請予賦詩既為作長句又題一絕句云南唐寶石劫灰餘長與幽人伴著書青峭數峯

無恙在不須淚滴玉蟾蜍後二年復入京師則研山又為崑山徐司寇購去矣今又十五年不知尚藏徐氏否青峭數峯蓋用南唐元宗語元章既失研山賦詩云研山不可見哦詩徒嘆息惟有玉蟾蜍向余頻淚滴皆用本事也

僧祐釋迦譜云懿摩王四子被擯到雪山住直樹林中四子生子王歡喜言此真釋子能自存立故名釋注釋迦為能譜又云在直樹林中故名為釋注梵語呼直亦

曰釋别傳云此國有釋迦樹甚茂盛相師云必出國王
因移四子立國因名釋種
萊陽左公蘿石忠孝大節出于天性鄉人敬仰之稱大
忠先生崑山徐章仲烱健菴尚書次子也歲庚辰官山
東提學允公議建大忠祠于其里首捐百金為倡一時
皆樂佽助不浹歲落成粗有次第而新令某適至方修
衙署日遣胥役入祠取所庀甓石木植之屬鄉之紳士
以為言令詬怒欲申請毁祠會章仲按萊考試令恐拂

其創建之意乃詭辭以自白章仲因而慰之曰子勿慮第往具牲牢躬拜祭則浮議自息令如其指祠竟得無恙

順治初吏部諸司郎官最為清要吳郡顧松交予咸蒨來婁俱以吏部郎里居賓客輻輳一日廣坐中一客忽曰二公所謂一顧傾人城再顧傾人國也客皆為之絕倒

佛經幻妄有最不可究詰者如善慧菩薩自兜率天宮下作佛在摩耶夫人母腹中晨朝為色界諸天說種種

法日中時為欲界諸天亦說諸法晡時又為諸鬼神說法於夜三時亦復如是雖稗官小史如西遊記者亦不至誕妄如是

余官左都御史一日五鼓啟事候于中左門故吏部侍郎趙公玉峰士麟謂曰公真今日之泰山北斗也余曰何忽見推趙曰公為戶部侍郎七年屏絕貨賄不名一錢夫人而知之至為御史大夫清風亮節坐鎮雅俗不立門戶不急彈劾務以忠厚惇大培養元氣真朝廷大臣

也柳亦今日藥石也余謝不敢當然數語實有關治體之論故追記之趙官浙江巡撫嘗開濬杭城市河代貧民償旗債萬餘金浙人至今尸祝之近日名臣也

閒見雜錄云韶州人于江邊得巨蚌剖之有珠大如彈丸光若水精中有北斗七星隱然可見納本州軍資庫

揚州瓊花天下秖一株晏元獻守揚作無雙亭于其側宋德祐乙亥北兵至花遂不榮趙棠國炎有詩曰他年我若修花史合傳瓊花烈女中然山房隨筆所記仁宗

慶歷中常分植禁中輒枯比載還則鬱茂如故又何說耶

貴州苗峒出沙板然彼中不甚貴重其最重者曰桂板有金桂水桂二種一如黄金閒碧玉竹一如沉香之色嗅之如沉速香其木在地中横生長或丈餘短或三五尺大者或至數圍更無枝葉其生多在山根其上土色皆黄蔗草不殖以鐵斸之堅而難入苗人解為板售之直較沙板數倍與宋人談藪所記大同小異談藪謂湖

南亦然湖南與苗蠻風壤相接理合有之又謂平江即今蘇州大旱河水涸居人就河底掘井得沙板愈取愈多亦有得沈香者此則不可曉也

古董字東坡作骨董晦菴作汨董見霏雪錄

上東巡幸曲阜謁至聖廟廟門外降輦步行行三拜禮留御前曲柄繖于大成殿命家祭即陳設之古今未睹之異數也事詳幸魯盛典

按宋故事天子謁孔廟止行肅揖之禮慶歷四年五月仁宗特行再拜禮乃知先聖後聖其揆一也盛典衍聖公孔毓圻疏請翰林院庶吉士孫致彌乙丑進士金居敬（金予之門人）纂修書成金已前授靈邱縣知縣卒于官孫先以無妄詿誤至是復官授編修云

木鱉子入藥能殺人見霏雪錄

康熙己卯

南巡視河工迴蹕有

御製詩云行徧江南水與山柳舒花放鳥綿蠻明朝又入邳徐路鳳闕龍樓計日還會予以御史大夫被旨與大司徒陳公廷敬大宗伯張公英大司空王公鴻緒入直南書房因獲恭睹共嘆為太平和吉之音云

呂宋國所產煙草本名淡巴菰又名金絲薰余既詳之前卷近京師又有製為鼻煙者云可明目尤有辟疫之功以玻瓈為餅貯之餅之形象種種不一顏色亦具紅紫黃白黑綠諸色白如水晶紅如火齊極可愛翫以象

齒為匙就鼻嗅之還納于缾皆内府製造民間亦或仿
而為之終不及

古來兼官皆以大兼小明初大學士學士皆五品其後
加尚書侍郎始為二品三品故明初三楊輩結銜皆云
某部尚書兼某殿閣大學士今内閣結銜移大學士于
上而云兼某部尚書學士兼侍郎亦然與古制異

甲申七月門人李子來光復自奉天少京兆遷少廷尉歸
京師遺松花硯一紺色白文徧體作雲錦形試之細潤

宜墨類端溪之下巖後有續硯譜者品當列洮河龍尾紅絲之上

李林甫外傳言有術士説安禄山常有五百銅頭鐵額人侍其左右一日請林甫宴令術士窺之見一童子捧香爐而入五百人皆走避云云又言道士許林甫三百年後白日上昇及爲相二十年復見之云相公所行多不合道更六百年乃如約矣信如所云是天上神仙必需此不忠不孝之人義何所取而小説往往記林甫後

身有爲牛爲倡之説詎盡誣耶

唐高宗將立武氏謀之李勣對曰此陛下家事明皇將廢太子瑛兄弟未決李林甫亦曰家事何必問外人姦臣誤國先後一轍如此

予以順治八年辛卯中鄉試闈牘爲座主蒲阪御史大夫杜公篤祜字振門房師壽春侍御夏公人佺字敬孚所賞異已定解元三日矣有邱縣令李應軫者高郵人與夏公爲淮南鄉里年七十矣私于夏公曰某老矣日暮途遠使

元出本房差慰遲暮公能相讓則奕世之感也請至再三夏公乃許之其首薦即昌樂滕國相字和梅也已擬第六與予皆習毛詩杜公甚難之而李請益堅杜憐其意遂改予第六而滕得元時滕年近六十予年始十八耳榜後旅謁杜公頗悔之閒語予以前事且曰子文合作元此亦命也予初不以屑意其後十年而予銓授揚州府推官李以兵部主事告老家居年八十餘矣其子為州役窘辱屬予讞其事李憶往事殊惴惴予顧力直其

子而痛懲州役且戒州守吳君之俊（俊為東昌府知府）以李公高年家居有司宜加禮吳諂李道予意李感泣遂通聞問陳謝如平生交凡予一生報德不蓄怨皆此類唐摭言載裴垍舉宏辭崔樞考之被落及垍為宰相擢樞為禮部笑謂樞曰聊以報德予不敢妄擬古人其存心寧厚勿薄庶不愧耳偶書之以示子孫

邯鄲人侯二素不孝其母以米施乞者二見而怒痛捶而逐之妻子泣諫不聽未幾二遍體生毒瘡潰爛而死

夢告其子曰我以忤逆不孝罰往京師宣武門西車子營張二家作豬汝可速往贖歸遲無及矣子如其言至京師宣武門訪張氏果有牝豕適生數子其一豕身人面有髭貌如其父子痛哭述其故願以十金贖歸張不聽而殺之此康熙三十九年事

唐庚三國雜事云先主父子相繼始終號漢未嘗一日稱蜀陳壽黜其正號猶魏晉之私意廢史家之公法改漢爲蜀猶五代稱李璟爲吳劉崇爲晉今五代史南唐

北漢世家未嘗以吳晉名之也蓋宋人之論已以南唐為吳王恪之後比于昭烈矣歐公五代史世家首南唐而胡恢陸游馬令之書屢見疊出豈非有深意存焉乎近興化李映碧清廷尉取馬陸二氏之擬為經別作南唐書而雜采江南野史釣磯立談玉壺清話諸書為緯殊為有見予嘗謂五代中原之君史家所謂正統者皆盜賊僭竊無足比數惟唐莊宗雖以沙陀賜姓而能手除篡賊復唐社稷則君子引而進之不忍斥也其于南

唐亦若是焉已矣以南唐爲正統不猶愈于朱温石敬瑭之流哉

四川達州民某兄弟二人甚友愛弟未授室而他出其兄賣身得十二金爲弟聘婦弟歸娶知兄賣身事乃相持而泣遣其婦往母家取原聘金爲兄贖身湖南流民二人某某知其事尾之中途擊婦死而攫其金忽迅雷大震擊二人立斃其尸羅跪于婦家之門手中持十二金頂之婦復甦歸至其家則二人者已先跪門外矣婦

語其故兄弟鄰里及州人來觀者如堵莫不嘆異以為孝友强暴之報施不爽如此

予丙子奉使祭告西嶽于玉泉院見無憂樹四株後閱内典頻頭婆羅王立瞻婆國婆羅門女為第一夫人生子名無憂又生子名離憂其無憂即阿育王也後王出外園遊戲見一無憂樹華極敷盛王見已此華樹與我同名心大歡喜蓋此樹與青柯坪婆羅樹皆西域種然西嶽乃道士所宅絕無蘭若不知以何因緣而有此樹

又釋迦譜毘婆尸佛有執事弟子名無憂

唐劉希夷汝陽潭詩魚鱗可憐紫鴨毛自然碧寫物最工然非初唐人語已似皮陸予近詠寓邸西齋叢竹有句云冉冉紫雲蓋翻翻紅鶴尾自謂不減劉語

本朝新進士臚傳後自鼎甲授翰林修撰編修外餘皆引見

欽選庶吉士分清漢書與鼎甲三人一體教習順治間定例清書者陞內閣學士漢書者陞京堂官或徑陞侍

郎如程其相芳朝以丁亥榜眼及第至侍讀學士陞太常寺卿左虔孫敬祖以己丑會元至侍讀學士陞通政使臨朐馮易齋相國溥以讀學陞吏部侍郎錢塘黃次辰相國機以讀學陞禮部侍郎是也如勝國甲科即不拘此例故王宗伯敬哉宗簡白司寇東谷印謙高侍郎念東珩胡學士此菴統虞諸公皆為三院學士三院者國史秘書弘文院也庶吉士則專隸弘文既設內閣遂罷三院不設而別立翰林院以學士掌之

劉宋忠武公沈慶之詩朽老筋骨盡徒步還南岡辭榮此聖世何愧張子房按客座贅語云周子隱讀書臺下舊為光宅寺乃梁武帝故居其地又名南岡六朝士大夫多居之武帝評書云南岡士夫徒尚風軌不免寒乞正指此乃知沈所居在南岡非泛設耳

古有通鳥語牛馬語者梁廷尉卿沈僧昭先為山陰令與會稽太守武陵王紀校獵中道而返左右問其故答曰國家有邊事當還處分問何以知之曰向聞南山虎

嚫故知耳餓而使至是知鳥獸莫不能語者釋氏戒殺厥有旨哉

本朝翰林遷吏禮二部侍郎例兼翰林院學士至尚書則不復兼按明萬歷中王三渠用賓官南京吏書仍兼翰林院學士此其同而異者也若霸州郝恭定惟訥合肥龔端毅鼎孳二公皆不由翰林而為禮書董禮侍安國則旗下人不由科甲錢唐高禮侍士奇則以供奉

內庭久特加少宗伯未嘗視部事也

康熙初予自揚州入爲禮部主事時蘇松詞林甚少現任數公又皆以奏銷一案詿誤京堂至三品者亦止華亭宋副都直方（徵輿）一人迄今三十載乃極盛其他無論即狀元鼎甲駢肩接踵而身兼會狀兩元者如癸丑韓宗伯慕廬（菼）丙辰彭侍講訪濂（定求）乙丑陸侍講澹成（肯堂）皆是也他如翰林臺省尤衆地氣盛衰信有時哉

近日地氣自江南至江北而揚州爲極盛如甲戌顧圖河江都人榜眼及第庚辰季愈寶應人榜眼及第癸未

王式丹亦寶應人會狀兩元及第一時稱科名盛事前此未有也

江淮以北鼎甲甚不易得蓋自明時已然然如直隸之潞州順治丙戌呂讀學顯祖乙未戴少叅王綸皆榜眼及第河南柘城縣康熙甲辰李侍郎元振庚辰王編修露一榜眼及第一探花及第露即會元也潞州又有丁亥會元李人龍官內閣中書舍人然則堪輿家言信有徵矣

陳後主賚天台智者大師物有中藤紙一墮蓋六朝語

沈后書有赤松澗米五石隋煬帝所覿衣物又有南榴夾膝桃一枚柹心筆格一枚篆字縠皮屛風一具鵝納袈裟一領絲布衹支二領銅撥勞一口布三十禪

鳥獸毛羽之奇異者如紅鸎鸚鵡五色鸚鵡紅鴿紅鳩鳶兒黃馬桃紅瓣點子花馬朱毛虎山水文豹硃砂鼠綠蝴蝶子或見或聞雜記于池北偶談居易録二書近日京師金魚顏色種種變化尤為豔異而白魚硃砂點者或在首或在背或在尾置之盆池游泳噞喁粲若錦

綺信生物之不可測也聞又有藍其色者惜未見至于鴿之屬兎之屬亦多異種不能悉記又顧鄰初客座贅語云全椒學博王忠徽曾以禱雨見紅鳶疑是神物非世所恒有萊陽姜如農埰別墅有紅鳶館陳其年維崧檢討詩餘有紫鳶橋未詳出處不敢輒書

杜堇字古狂按字書堇具吝切即烏頭也其汁飲之能殺人故唐明皇取其汁以毒張果齒盡黑用以取名真狂士矣

弘治五年南直隸鄉試劉尚書南坦麟以武學生中式十四年鄉試陳翰林魯南沂以太醫院醫生中式二公名碩而皆以雜流入試所未解也此例至嘉靖中始革去

予于明代郡縣志書祇取關中諸公所纂如武功平涼朝邑華州等十餘種此外惟崔後渠安陽志章楓山蘭谿志馬應龍安邱志邢子愿武定州志史蓮勺紀事介休志不失史法偶觀顧東橋與陳魯南論修志書云嚴介

谿袁州志都元敬黄山圖經李懋卿東莞志邵二泉許州志各有義例須取叅訂已上諸志則又予所未聞未見者東橋先生平生傲睨相嵩及撫楚被旨修奉天大志又忤世宗真所謂豪傑之士矣

登高能賦自是佳話若蘭亭之集古今艷之然詩不成受罰者若干人殊煞風景乃亦有不識字不成詩傳之于後反成佳話者如唐人韋蟾嘲李瑒詩渭水秦川照眼明希仁何事寡詩情料應學得虞姬壻書字才能記

姓名宋人釣臺詩諸老凋零極可哀尚留名字壓崔嵬

劉郎可是疏文墨幾點胭脂涴緑苔政使希仁題詩光

世能書亦復尋常未必如此令人解頤也

遯園居士言金陵盛仲交家多藏書書前後副葉上必

有字或記書所從來或記他事往往盈幅皆有鈐印常

熟趙定宇少宰閱舊唐書每卷畢必有硃字數行或評

史或閱之日所遇某人某事一一書之馮具區校刻監

本諸史卷後亦然并以入梓前輩讀書游泳賞味處可

以想見此語良然予所見劉欽謨昌官河南督學時所刻中州文表每卷亦然予勸宋牧仲開府重刻文表及梁園風雅二書且云欽謨諸跋當悉刻之以存其舊亦遯園先生之意又嘗觀表中郎所刻宗鏡摘録亦復如是弇州先生讀書後同此意也

金陵許尚寶石城先生穀年二十中嘉靖乙酉鄉試乙未南宫第一壽八十餘及見萬歷乙酉後輩近上海姚方伯通所先生永濟萬歷戊戌進士壽近百歲及見順治

戊戌後輩姚公與先祖贈尚書公為浙藩左右使同僚壽亦相埒鼎革後尚有書問往來今又五十餘年往矣予年十八以順治八年辛卯中鄉試至今康熙四十三年甲申已五十四年去辛卯止八載耳不知假我數年猶及見之否然釋氏石火電光之喻信有然矣

戊戌同年吳侍讀默巖國對全椒人榜眼及第詩未入格而頗有勝情予官揚州時常與共客儀真一日過予客園置酒酒閒作擘窠大字及便面數事皆即事漫興之

語令人解頤尚記其一則云少陵云一洗萬古凡馬空東坡云筆所未到氣已吞才人須具此胸次落筆自爾不凡惟阮亭可以語此頃之予衣領上偶見一蟻即又云窣官衣領驀上一蟻子此正須耐煩以為勝俗客耳雖偶然游戲皆有理趣久之露坐月色皎然賦絶句云如此青天如此月兩人須問大江秋予和之得四首翰林兄弟皆名士廨舍三間分兩頭及第紅綾分餅日閑門黄葉著書秋鳴墟（園中小山名）斜日森碧篠人影參差曲

岸頭頃刻疾書兩丸墨山蟬墮地數聲秋又二詩不具録詳鑾江倡和集

焦山瘞鶴銘或云王右軍書或云陶貞白或云顧況而周暉金陵瑣事言唐李石續博物志陶隱居書自奇世傳畫板帖及焦山瘞鶴銘皆其遺跡顧元慶作瘞鶴銘考歷引黄長睿以至都元敬諸家之説斷以為陶書而未及引此證之予門人淮陰張力臣弨作瘞鶴銘辯援据甚博予以遺新安張山來潮刻叢書中不記引此否

余嘗謂古人詩且未論時代但開卷看其題目即可望而知之今人詩且未論雅俗但開卷看其題目即可望而辯之如魏晉人製詩題是一樣宋齊梁陳人是一樣初盛唐人是一樣元和以後又是一樣北宋人是一樣蘇黄又是一樣明人製題汎濫漸失古意近則年伯年丈公祖父母俚俗之談盡竄入矣詩之雅俗又何論乎詩題有一二字不古遂分雅俗如古人秖有同韻和韻而今人則改作步韻次韻矣古秖有絕句今人則改

作截句矣古人贈答或云以詩贈之以詩寄之今則改詩以贈之詩以寄之矣此類未易更僕但取古人集觀之雅俗自辨當以三隅反也

江寧有西域賈胡見人家几上一石欲買之凡數至主人故高其價未售也一日重磨洗冀增其價明日賈胡來驚嘆曰此至寶惜無所用矣石列十二孔按十二時辰每交一時輒有紅蟢子布網其上後網成前網即消乃天然日晷也今蟢子磨損何所用之不顧而去

史癡翁金陵人佯狂玩世工詩畫樂府妻號樂清道人姬人何號白雲善畫工篆書通音律琵琶得兩京國工張樂之傳翁每製一曲即命白雲被之絃索嘗訪沈石田于吳中不值見堂中幢絹素尚未渲染輒濡墨縱筆作山水不題姓名而去石田歸見之曰吾吳中無如此人必金陵史癡也亟追邀之相見一笑留石田家三月而後返

明代冊使至諸藩府藩王以剌迓之于郊剌稱某王拜

三字而已應天鄉試榜後魏國公例設宴中山府第邀集新舉人亦惟書魏國公拜四字于刺不書姓名

余少時官廣陵與諸名勝修禊紅橋即席賦冶春詩二十四首陳其年後至贈予詩曰玉山筵上頹唐甚意氣公然籠罩人劉公㦷曰采明珠耀桂旗麗矣或率爾而拜或揚袂從風如欲仙去冶春詩獨步一代不必如鐵崖逼作別調乃見姿媚也

香祖筆記卷七

欽定四庫全書

香祖筆記卷八

刑部尚書王士禛　撰

陳霆字水南吳興人著兩山墨談甚有義理閱金陵瑣事始詳其本末霆字震伯儆居白下又著唐餘紀傳渚山詞話嘗作詞弔張麗華云麗華死于青溪後人哀之為立小祠祠像乃二女郎其一即孔貴嬪也今祠亦不復存

成弘間留都骨扇以李昭製者為最見顧東江清集往徐健菴司寇為宫坊時贈予金陵仰氏扇予謝以詩有舊京扇貴李昭骨之句翼日相遇朝班問李昭出處予但據東江集答之後閱金陵瑣事乃詳李昭李贊蔣誠三人製扇骨最精徐守素蔣徹李信修補古銅器如神恨昔者不能舉此應之信殭記之難也

張遺字瑶星金陵遺民也居棲霞一小菴數十年不入城市著書十餘種有一書紀南渡時事可裨史乘惜未

版行凡所撰著稱白雲自怡年九十而終四十年前游東萊時先兄西樵亦客萊相友善及予在邗江數客金陵未及見之蓋已禁足攝山矣予撰古懽錄亦遺此人故著于此

明時欽差行人吳惠塋劉真人于留都鳳臺門外壙中得一石匣中有玉冠蓋上刻玉真人玉冠五字此與王喬玉棺相似玉冠尤為新異

舊例科場進呈試錄主考官自擬程文其用士子文稍

爲點定自萬歷十三年乙酉科始

治血山崩當歸一兩荆芥一兩酒一鍾水一鍾煎服立

止

撫州商人病痢危甚太學生倪某用當歸末阿魏丸之

白滚湯送下三服而愈

又治痢方黄花地丁擣取自然汁一酒盞加蜂蜜少許

服之神效

濕痰腫痛不能行用豨薟草水紅花蘿蔔英白金鳳花

水龍骨花椒槐條蒼朮金銀花甘草以上十味煎水蒸患處水稍温即洗之

治小腸疝氣烏藥六錢天門冬五錢白水煎服神效

治小便不通芒硝一錢研細以龍眼肉包之細嚼嚥下立愈

治瘤方用竹刺將瘤頂稍稍撥開油皮勿令見血細研銅綠少許放撥開處以膏藥貼之

接骨方土鼈用新瓦焙乾半兩錢醋淬七次自然銅乳

香淺樂菜瓜子仁各等分為細末每服一分半酒調下上體傷食後服下體傷空心服

治痠腫頭面方金銀花二兩濃煎一盞服之腫立消

針入腹用櫟炭末三錢井水調服即下又方以磁石置肛門外引下已上俱出正續金陵瑣事

沈石田周干支八字與明英宗同

明寧國大長公主所用遺墨半挺上用泥金打成龍口吞之一甆杯酌酒滿則隱起一龍形鱗鬛具備酒盡不

復見

金陵王某家有大石子中具兜塵觀世音像趺坐如生面目衣裓如畫又南唐元宗時溧水桑樹生須菩提像右袒左跪衣裓宛然其色如純漆光可以鑑

南唐書有馬令胡恢陸游三家馬陸二書盛行于世近吴門又有合刻惟胡書世罕傳之聞江陰李忠毅（應昇）家有藏本廿年前屬江陰令陸雲士（次雲）訪之久不見報又屬門人楊侍講賓實（名時）求之亦不得按恢金陵人博物

彊記工篆隸客京師久不得調上韓忠獻公詩云建業關山千里遠長安風雪一人寒公深憐之使篆太學石經因得復官任華州推官卒

宋明帝借張永南苑三百年詔云朞畢便申周宰相王溥父祚以觀察使致仕一卜者諛其壽可百四十惟百二十歲時春夏間微苦臟腑祚大喜顧子孫曰孩兒輩切記是年莫教我喫冷湯水二事癡絕可笑杜牧詩百年便作萬年計富貴中人不悟此者多矣釋氏六如之

喻正為此輩棒喝

顧鄰初云沈約宋書凡歌字皆作哥字予昔官廣陵見一士大夫家見趙松雪家書凡哥字皆作歌字蓋古通用也

捨筏登岸禪家以為悟境詩家以為化境詩禪一致等無差別大復與空同書引此正自言其所得耳顧東橋以為英雄欺人誤矣豈東橋未能到此境地故疑之耶

京口張文選公選九數博物君子也嘗題予過江入吳兩

集云筆墨之外自具性情登覽之餘别深懷抱此語可與解人道

予少游京師日與汪苕文琬劉公㦷體仁倡和晨夕過從無間一日往汪邸舍其小僕孫王者走報曰王貽上來苕文出爲予述之予笑曰此子不減蕭茂挺家僕

孔平仲雜説云今公家文字用仰字出北史北齊孝昭紀詔定三恪禮儀體式亦仰議之

汪苕文赴京師過揚州予送之舟中欲附惠泉五墰寄

家西樵兄汪以道遠稍難之予笑謂曰汪大乃成俗吏汪亦一笑許之後記其事于說鈴

宋時徑山僧行園為蛇傷足一叅方僧為治之先汲淨水洗患處易水數斛令腐膿敗肉悉去瘡上白筋見乃挹以軟帛以藥末勻糝瘡中惡水泉湧明日淨洗敷藥如初一月毒盡肉生平復如舊其方乃香白芷為末入鴨觜膽礬麝香各少許見談藪

宋制軍營中有天王堂小說亦屢載之不知何天王也

談藪云唐天寶西蕃寇安西奏乞援兵詔不空三藏誦仁王經帝見神人帶甲荷戈在殿前門不空曰此毘沙門天王第二子獨健往救安西耳後安西奏見神人破賊城上天王見形圖形上進因詔諸節鎮所在州府於城西北隅各立天王像佛寺亦然宋時沿之入軍營也又括異志言宋建炎中敵將屠秀州天王現于城上若數間屋大懼而引去因建天王樓于城西北隅

汪鈍翁琬嘗問予王孟齊名何以孟不及王予曰正以

襄陽未能脫俗耳汪深然之且曰他人從來見不到此

予又嘗謂鈍翁李長吉詩云骨重神寒天廟器骨重神寒四字可喻詩品司空表聖與王駕評詩云王右丞韋蘇州趣味澄敻如清流之貫達元白力勍而氣孱乃都市豪估耳元白正坐少此四字故其品不貴

表聖論詩有二十四品予最喜不著一字盡得風流八字又云采采流水蓬蓬遠春二語形容詩境亦絕妙正與戴容州藍田日暖良玉生煙八字同旨

弇州云朦朧萌拆情之來也明雋清圓詞之藻也四語亦妙

古人同調齊名大抵不甚相遠獨劉楨與思王並稱余所不解建安七子自孔文舉不當與諸人同流此外如陳琳之飲馬長城窟行阮瑀之定情詩徐幹之室思皆有漢人風矩惟楨詩無一語可采而自古在昔並稱曾劉未有駁正其非者鍾嶸又謂其仗氣愛奇動多振絕思王而下楨為獨步殊似囈語豈佳處今不傳耶乃秦

少游亦云五字一何工妙絶冠儔匹殆亦耳食之習

萊陽宋荔裳琬按察言幼時讀書家塾其邑一前輩老甲科過之問孺子所讀何書對曰史記又問何人所作曰司馬遷又問遷是某科進士曰漢太史令非進士也遽取而觀之讀未一二行輒抵于案曰亦不見佳何用讀爲荔裳時方髫髻知匿笑之而此老夷然不屑

予十數歲時屢夢坐園亭上有五色異禽小于鸜鵒羽毛甚麗羣飛亭中或集于肩或投于懷馴擾不去又兩

夢有人贈一奩墨開之有異香既覺為諸兄言之曰此文字之祥也順治八年辛卯予年十有八一日讀書倦而假寐夢神人告曰汝知今科闈中題乎乃子曰惟仁者能好人能惡人也詩經題乃維清緝熙文王之典叩其餘則不應及八月入闈首題果符所夢頌題則聖敬日躋及明年壬辰會試頌題乃維清緝熙二句也予中是科鄉試第一旋改第六壬辰下第而先兄吏部登進士神所告乃予兄弟鄉會試首尾二題也

康熙初士人挾詩文游京師必謁龔端毅（鼎孳）公次即謁長洲汪苕文（琬）潁川劉公㦷（體仁）及余三人陽羨陳緯雲維嶽其年（維崧）之弟也初入都手寫行卷三通置案上友人問所詣曰吏部劉公户部汪公禮部王公也友人曰吾為子預卜之汪得卷必摘其瑕疵而駁之王得卷必取其警策而揚之劉則一覽輒擲去無所可否已而果然予聞之笑謂公㦷曰吾二人或駁之或揚之皆尋常耳惟兄此一擲最不易到公㦷亦為之絶倒

交趾老道士結廬潮州之金山年已百歲養一雞大如么鳳置枕中鳴即睡覺一胡孫小如蝦蟇以線繫几一龜如錢大置金合子中予門人東莞令錢蕆山以塏曰雞陽精也胡孫心猿也龜神靈而服氣也皆小者損之又損也其言甚有理致

嶺海見聞云蚌聞雷而孕望月而胎珠中秋蚌始胎中秋無月則蚌無胎凡秋夕海色空明天半有朱霞光起蚌曬珠也珠之名類不一有精珠褪光珠璫珠走珠滑

珠磥砢珠官雨珠稅珠葱符珠珠重七分為珍珠八分為寶珠合浦人以珠為貴生男曰珠兒生女曰珠孃香樹生海南黎峒葉如冬青凡葉黃則香結香或在根株或在枝榦最上者為黃沉亦曰鐵骨沉從土中取出帶泥而黑堅而沉水其價三倍或在樹腹如松脂液有白木間之曰生沉投之水亦沉投之水半沉半浮曰飛沉皆為上品有曰速香者不俟凝結而速取之也不沉而香特異曰花劏者香與木雜劏木而存香也有曰土

伽楠與沉香並生沉香性堅伽楠性軟其氣上升故老人佩之少便溺產占城者佳樹為大蟻所穴蟻食石蜜遺漬香中歲久凝而堅潤其色若鴨頭綠上之上也又有虎豹斑金絲結其色黃貴與鴨頭綠等

椰杯見毒則裂嶺南人多製為食器以辟蠱

永安產燭竹文信公駐軍時爇此竹以代炬

海蜘蛛生粵海島中巨若車輪文具五色絲如絙組虎豹觸之不得脫斃乃食之

瓊州黎峒有黎長統之必符王二姓乃得立黎長家有古礶傳為祖先所遺非陶非石天欲雨則先鳴官軍將入山則大鳴

廣州之虎門合蘭海每歲正月初三四五日現海市城闕樓臺車騎人物倏忽萬狀康熙丙辰見戈甲之形粵有兵變黃太沖宗羲亦言寧波有海市蓋東海南海皆有不惟登州但登見以四五月廣見以正月初旬三日似小異耳鄭之見不言定期

嶺海見聞言鐵樹生海底石上幹類珊瑚尾如彗千年則成珊瑚其旁有蚌守之往往得鐵樹則兼得珠是鐵樹與珊瑚同類俱生于海然珊瑚大者五六尺小者不過尺許以鐵網取之在水則軟見風則堅初白漸黄得日色乃殷紅如丹砂按王濟雨舟所記云官横州于一指揮家圃中親見此樹歷言其六十年開花之詳予在羊城學使署亦見鐵樹高大不殊諸樹乃木本非玉石之屬但以鐵培護其根則茂與他樹以水澆灌者差異

與前所云云不類豈名同實兩種耶

嶺海見聞云香樹榦如樹蘭葉如黄楊子如連翹而黑以夏月子熟種之亦有寄生榕樹上者閩小紀云千年榕樹上生奇南香

陶岳五代史補載馮道鎮同州有酒務吏乞以家財修夫子廟道以付判官判官素滑稽書一絶句于判後云荆棘森森遶杏壇儒官高貴盡偷安若教酒務修夫子覺我慚惶也大難道有愧色因出俸修之又李穀爲陳

州防禦使三日謁夫子廟惟破屋三間中存聖像有伶人李花開進口號曰破落三間屋蕭條一旅人不知負何事生死厄于陳蔡驚嘆遽出俸以修之五代學校廢壞如此賴滑稽之言始得復故可為浩歎觀唐元宗過魯謁孔子廟詩居然盛世帝王氣象近

聖駕東巡謁闕里

聖廟載謁孔林

特命戶部發金錢十餘萬重修廟貌輪奐一新

賜孔氏子孫十餘人為五經博士等官
特賜御用曲柄傘于大成殿此又漢唐宋明已來所未
有者故觀于文教之興廢盛衰而世之治亂可知矣
周郭威親征慕容彥超至兖州夢文宣王明日攻其城
入之過夫子廟叩首再拜且諭近臣曰夫子聖人百王
取則焉安可不拜且命孔氏襲文宣王者長為本縣令
五代之世乃亦有此自明代至
本朝曲阜縣知縣皆以孔氏子孫為之而不知始于後

周也

越處女對句踐曰見之如好婦奪之似懼虎杳之如日偏如滕兎此即處女脫兎之喻而語益奇

凡溺水及朋金屑用鴨血灌之即瘥

耳暴聾用全蠍去毒為末酒調滴耳中聞水聲即愈

枸杞子榨油點燈觀書能益目力

金瘡傷用獨殼大栗研乾末敷之立愈

治喉痺乳鵝用蝦蟆衣鳳尾草擂細入鹽霜梅肉煮酒

各少許調和再研細布絞汁以鵝毛刷患處吐痰即消

惡瘡腫毒初起當歸黄蘗皮羌活為細末生鷺鷥藤擣汁調傅瘡之四圍自然收毒聚作小頭即破切不可併瘡頭傅之

骨鯁用犬涎穀芒并鵝涎灌之即愈

宋孝宗食蟹過多患痢有嚴防禦者用新采藕節研細熱酒調服果愈

治病眼生赤障者用田螺一枚去掩以黄連末掺之置

露中一夜曉取肉化為水滴目則障自消

治嗽驗方香櫞去核薄切作細片以清酒同研入砂礶内煮令熟爛自黄昏至五更為度用蜜拌匀當睡中唤起用匙挑服甚效又方向南桑條一束每條寸折納鍋中用水五碗煎至一碗渴即飲之

治水腫方用田螺大蒜車前草和研為膏作大餅覆臍上水從便出即愈已上俱出養痾漫筆

予平生為詩不喜次韻不喜集句不喜數疊前韻惟少

時有集黄山谷詩一絶云謝人送梅榨頭夜雨排簷滴誰與愁眉唱一杯瘦盡腰圍怯風景城南名士遣春來如此集句恐非李西涯所知西涯有集句詩一卷

李西涯集第六卷主一齋爲徐公肅都憲作又徐亞卿原一六十二得雙生子戲贈原一與崑山徐健菴司寇初字同公肅與其弟立齋相國初字同立齋亦爲都憲健菴亦爲亞卿何其脗合至此但前之二徐未悉其名耳

宋陳輔輔之丹陽人有詩云北山松粉未飄花白下風輕麥脚斜身似舊時王謝燕一年一度到君家為王介甫所知而與蘇公尤厚善黄是師是章惇之甥也以二女妻潁濵子适遜哲宗時欲名用林希以是沮之後知定州卒東坡皆有尺牘與之元人吳師道跋云二人出處不同而尚德守義不為勢利回邪變易其賢則一予撰古懽錄取師是而遺輔之此詩尤為可愛特書之

吳師道禮部集有云江陰趙彦衛作西漢定安公補紀

首書元年四年書策命孺子為定安公五年至十八年每年書公在定安法春秋公在乾侯之義意亦美矣按孺子嬰宣帝元孫楚孝王孫廣戚侯顯子漢之近親非若呂后取他姓子比矣太后臨朝稱制莽居攝踐阼改元居攝又改元初始則孺子雖未正帝位固已儼然為天下之君矣莽簒而猶存莽滅而復為漢若之何絶之哉又考序例云正統雖絶而故君尚存則追系正統之年而注其下如唐武氏例是趙氏補紀殆類此但其書

法猶有可議者不稱居攝初始直云元年三年則失其實矣莽以平原安德漯陰鬲重邱萬户為定安國而以大鴻臚府為公第居之則書公在定安亦為失實定安公乃莽所加豈得仍其偽號竊謂宜自初始二年下注新莽始建國元年初始三年以後下注莽年如前遞數而書孺子在京師存其故稱紀其實地庶幾得之或曰其後方望立嬰為帝而元滅之當若何按方望事在光武建元元年書法當云方望以前孺子嬰稱帝于臨涇

元更始遣兵擊斬望嬰并遇害

釋典羅云出家即羅睺羅佛命舍利弗為其和尚大目揵連作阿闍黎故沙門以和尚為尊貴之稱

佛姨母瞿曇彌欲出家如來不許謂阿難言若聽女人出家乃令佛法清淨梵行不得久住譬如莠生稻田善穀復敗又言我之正法千歲興盛以度女人故至五百歲而漸衰微所以者何女人有五處不能得作一不得作如來二不得作轉輪聖王三不得作第二忉利天王

四不得作第六天魔王五不得作第七梵天王（瞿一作憍）按此乃比邱尼之始夫如來既受姨母乳哺深恩及五百除饉女皆長老久修梵行而如來難之且如此後之人談何容易耶又如唐武后乃真天魔王以釋氏因果論之不知往刼是何福德也

南渡時東平伯劉澤清者字鶴洲曹州人天啟中戶書郭允厚家奴也後充本州捕盜弓手少無賴為鄉里所惡徙居曹縣遭離亂從軍積功至總兵官金陵立福王

遂爲藩伯開府淮陰其兄忘其名字鳳洲崇禎時亦至總兵官禦敵歿于王事稱名將非澤清比也澤清爲人陰狠慘毒睚眦必報曹縣士大夫罹其禍者甚衆澤清在江淮縣有故居空無人一日諸生十數輩醵飲其宅或拾一錦鞋于内閣中傳玩之座中有謔者澤清知之使健兒名捕至淮盡殺之中表兄某夙有違言遣人召之中表懼祈哀于澤清之母爲婉轉申救澤清佯許諾禮待頗厚既辭歸立遣健兒途中拉殺之已而

大兵渡淮澤清迎降後以叛棄有連至蘆溝橋伏法行路快之不數年子姓無孑遺故居為墟

唐書言孟浩然與給事中王維善維私邀入内直會明皇至浩然倉卒避匿牀下帝問知之喜曰朕聞其名久恨未見耳立召見問所為詩云云而北夢瑣言以為李白誤

盧沆為舉子于滻水遇宣宗微行意其貴人歛身迴避緣此受知擢第賈島温飛卿亦以微行傲忽致長江方

城之謫此可為輕薄之戒又孟弘微郎中者性誕妄因次對奏曰陛下何以不知有臣不以文字名用宣宗怒曰卿何人朕耳中全不知有卿亦坐貶

丹青樹出終南山丹青竹出熊耳山

唐宋啟事用門狀即今士大夫彼此拜謁之名刺也上書某官謹祗候某官陸務觀老學菴筆記云見東都時蘇王諸名公門狀一卷率皆手書古人鄭重不苟如此今則小胥之事耳又翰林故事坊局已上乃得用紅束

爲刺史官庶常止用白牋元旦賀壽等吉禮亦不用紅不喻其義

故事有最可笑者唐御史臺惟南牀最尊重每會集南牀不笑則諸御史不敢笑南牀笑則皆大笑謂之鬨堂

唐相國段文昌史云西河人襃國公志元之後志元本臨淄人文昌徙居荆南又云荆蜀皆有先祖故第又云先人墳墓在荆州其稱臨淄人以先世本籍故而與鄒平無涉不知何以封鄒平公今鄒平縣西北地名段家

橋謂是文昌故居傅會不足信也子成式柯古罷江州刺史居襄陽與李商隱温飛卿倡和故號漢上題襟集然柯古著酉陽雜俎多言齊州事如長白山沙彌二桃之類皆在鄒平

唐華原柳氏家法為士族之冠公綽公權已下至玭皆然玭家鬻婢猶不屑奉侍賣絹牙郎其家法可知而負國賊柳璨乃生其族卒與張廷範輩同誅死未足酬衣冠之禍故知蓬生麻中不扶自直之論未必盡然若桓

壼為晉忠臣而温與元繼世為逆郗鑒郗愔之生趙盧懷慎盧奕之生杞皆其類歟每讀史輒為三嘆

金陵胡宗仁字彭舉以畫名亦工詩與竟陵鍾伯敬為友嘗有與鍾書云兄弟子姪皆耽作畫蓬門書掩茗椀罏香閣筆盈案妄擬堆笏滿床昔人一門五貴七葉蟬連寧復過之其子玉昆字元潤亦工畫嘗寫杭州宋宮古梅子題絶句云風雨厓山事渺然故宫踈影自年年何人寄恨丹青裏留伴冬青哭杜鵑故友合肥李文定

容齋天馥極愛此詩常諷詠之昔人謂沈石田相城喬木代禪吟窩此後惟金陵胡氏足以繼之

張遺瑶星題程青谿侍郎正揆畫云唐六如畫學周東村不啻過之只為胸中多數百卷書耳予評陳戶部子文奕禧書品亦如此

姚翼字伯右工畫梅又取鍾山梅瓣粘于便面以筆添枝榦其上極有生韻時號姚梅人多效為之渠邱張杞園貞孔目仿作甚工

見只編言陳水南霆以南唐李昇宜繼唐後改馬令書以為唐餘紀傳猶蕭常改三國蜀志為續後漢書也讀吳越備史昇本安吉砦將潘某之子姓實潘也水南特以五代篡祚短促不足繼統不若南唐聲名文物雄擅江左不愧唐後耳云云予按吳越與南唐世為仇備史之言未可遽信詎可據為實録以駁水南耶

嘗見遯園居士閩小紀云鷗皆白獨莆田九鯉湖鷗作粉紅色隋宦者劉繼詮獻芙蓉鷗二十四隻色如芙蓉

鵽即此種

唐宋外任官到任皆有謝表高常侍集有謝封丘縣尉表則縣尉亦得上表矣

閩小紀云燕窩有烏白紅三種惟紅者最難得白者能愈痰疾紅者有益小兒痘疹

遜園又云參皆益人沙元苦參亦兼補海參得名亦以能温補故也生于土為人參生于水為海參故海參以遼海者為良

先兄西樵先生撰古今閨閣詩文為然脂集多至二百卷詩部不必言文部至五十餘卷自廿一史已下瀏覽采摭可稱宏博精覈而說部尤夥獲為古人所未有今畧其書目載于此班昭漢書異姓諸侯王已下至古今人表凡十卷班昭漢書天文志一卷班昭補列女傳一卷班昭女誡一卷班昭幽通賦注一卷衛鑠筆陣圖一卷蘇蕙璇璣圖一卷宋若莘女論語一卷侯莫陳邈妻女孝經一卷預浩或作瑜浩女木經一卷李清照打馬圖一

卷沈俶諧史一卷龍輔女紅餘志一卷管道昇墨竹譜一卷鄭氏女教篇一卷明仁孝徐后内訓一卷仁孝徐后勸善嘉言一二三卷仁孝徐后勸善感應一卷章聖蔣太后女訓一卷楊慎妻黄氏錦字書一卷王鳳嫻東歸紀事一卷廬江王夫人燈花占一卷張淑嫫刺繡圖一卷邢慈静（邢太僕侗之妹）黔途略一卷徐淑英女誡雜論一卷徐德英草除紀一卷箏洞細君花殿最一卷薛素素花瑣事一卷方維儀尼説七感一卷方維儀宫閨詩評

一卷顧若璞往生紀實一卷倪仁吉宮意圖題語一卷陳結璘牡丹亭牌譜一卷胡貞波古牌譜上下卷季嫻學古餘論一卷季嫻前因紀一卷王端淑詩緯序論一卷陶姮儀放生約一卷董白奩豔上中下卷尼超衍密印語録一卷尼濟印仁風語錄一卷尼自如語錄一卷計五十六卷其全書今藏篋笥無力刻行也

上巳之巳本已字之訛又泊宅編云十干之戊與茂同音今呼為務亦非又稱為武五代史僞梁朱温時司天

監上言日辰内戊字請改為武蓋温父名誠戊字類成
故司天監以此諂之今吳中術士尚有沿之者
柳子厚作非國語宋江端禮作非非國語嗣是劉章虞
槃皆有非非國語見張合宙載今不盡傳
童貫自謂韓魏公出子與梁師成自謂蘇文忠出子正
同曹操父子本寺人之後忠獻文忠乃為寺人祖禰乎
宙載云書冊為水潦所浸可于大甑中蒸而曝之至一
二番乃以物鎮平處遠乾色雖微漬而無損壞

宙載張鐸僉事言鴿能辟小兒疳氣當多置房養之清晨令兒開房放鴿其氣著面則無疳疾

南園漫録云桂有桂樹之桂有桂花之桂桂樹則楚詞桂酒箘桂之類今醫藥所用取其氣味甘辛乃用其皮也桂花之桂則詩詞所言今人家園圃所植取其香氣郁烈乃尚其花也類書所載皆未别白雖白孔六帖亦然

温飛卿以蒼耳子對白頭翁寧陽許襄敏公彬取作一

聯云道上鈎衣蒼耳子風前聒客白頭翁蓋其去國之作上句即迷陽迷陽勿傷吾行下句即違山十里蟪蛄之聲尚猶在耳之義

碧里雜存云鍾山孝陵即梁寶誌公瘞所也傍有八功德水誠意伯奏改葬誌公水亦隨徙太祖異之為建靈谷寺歲命太常祭焉

漢郙閣銘在寧羌州州陋甚在五丁峽西南予嘗過之不知有此古物未及訪碑刻所在殊以為憾

甲申八月禮部尚書韓菼卒于位公長洲人中康熙癸
丑會狀兩元授翰林修撰至今官先是以内閣學士予
假歸乙亥奉
名入京有屠西樊者以卜筮名吳中韓問之曰公此行
官至尚書然癸未即當南歸過此不能歸矣韓入都累
遷禮部吏部侍郎超拜大宗伯至癸未始嬰疾乞假未
允甲申病增劇再疏告老
命在任調理至是卒公平素為予述屠言且云過癸未

不歸豈遂死耶王大司空鴻緒時同被
名命聞屠語人曰韓公此行不歸矣果驗屠亦以癸未
年卒
康熙四十一年五月于
保和殿頒賜
御書大理少卿臣李斯義得臨黄庭堅書一幅其詩云
談經草檄鬢華生初擁閩山傳節行江入桐廬青欲斷
溪從劒浦碧來迎茶雖戶種租宜薄鹽不家煎價賴平

要使祈招歌德意君恩豈為遠人輕四十三年十一月李以副都御史遷福建巡撫前詩竟為之讖云

香祖筆記卷八

欽定四庫全書

香祖筆記卷九

刑部尚書王士禛　撰

蜀人射白鷴錦雞以食余嘗賦詩記其事范石湖桂海虞衡志載嶺南近海郡或以鸚䳇作鮓孔雀翡翠為腊余邑子又有嗜食金魚者天地間何所不有

瑇瑁背有甲十三片海人養以鹽水飼以纖鮮遇甲子庚申日輒不食謂之瑇瑁齋見虞衡志

真臘風土記牛馬死不敢食亦不剝其皮革云以其與人出力故此俗勝中國人多矣

朱相國平涵湧幢小品載其嘗館一貴人家其人奉齋一日怒廚人凡易十餘品俱不稱意朱笑謂之曰何不開齋近吳湖州園次綺遊廣州有僧大汕者日伺候督撫將軍諸監司之門一日向吳自述酬應雜遝不堪其苦吳笑應之曰汝既苦之何不出了家座上皆大噱二事頗相類而吳語尤可味楊誠齋詩云袈裟未著言多

事著了袈裟事更多其此僧之謂乎

天台山志僑寓條首載沈約字休文陳征虜將軍永平中棄官乞為道士來憩桐柏見剡縣金庭觀石刻妄語可笑梁陳間安得兩沈約皆字休文休文為梁武帝佐命與陳遠不相及何以有此謬妄葢道釋好為傅會往往不稽時代不諳事理如眞靈位業圖之類不可勝數也鶴林玉露以范雲與陳武帝九錫之命亦可笑

余于宋南渡後詩自陸放翁之外最喜姜夔堯章堯章

又號白石道人學詩于蕭千巖而與范石湖楊誠齋善
時黄岩老亦號白石亦學詩于千巖時稱雙白石云右
見鶴林玉露（南渡四大家為蕭楊范陸而誠齋荅尭章詩云尤蕭范陸四詩翁則謂遂初也）
玉露言子瞻謫儋州子由謫雷州魯直謫宜州皆章惇
取其字之偏傍而譴之當時有術士曰儋字從立人子
瞻其北歸乎雷字雨在田上承天之澤子由其未艾乎
宜字有蓋棺之象魯直其不返乎後皆驗予攷之殊不
然山谷以紹聖初謫涪州徙戎州徽宗即位赦復官建

中靖國元年除知舒州崇寧元年知太平州二年以承
天寺記爲陳舉所訐羈管宜州竟卒于宜先是東坡已
以建中靖國元年卒常州矣安得如羅云云乎按此説
本之老學菴筆記乃謂二蘇公與劉莘老丞相莘老時
貶新州故也

余邑先輩文獻無徵每以爲恨故于羣書中遇邑人逸
事遺文輙掌録之乙酉再至安德觀永平府志得邑方
伯徐公準詩一首盧龍塞云燕呼黑水作盧龍塞北風

沙泣斷蓬漢将已隨羌笛老秦人莫恨久從戎公即詩人夜字東癡之曾祖也萬歷中嘗為永平太守

朱性甫鐵網珊瑚載鮮于伯機所藏有唐沈傳師墨蹟一絶云積雪陰山欲度難傳更深夜鐵衣寒将軍破了單于陣更把兵書子細看傳師元和間名臣有嶽麓寺長句最佳此詩殊不類唐人風調少司徒田綸霞雯往往酒酣賦詩輒用杜韻歌行亦然予常舉以為問公笑曰無他只是細了好打耳

新安門人汪洪度字于鼎夙有詩名嘗有詠一品妃詩云敢以三春草蒙稱一品妃植根緣湛露發艷借恩輝幸自生同蒂羞將影獨違未須勞遠寄念此亦當歸自注當歸花曾入禁苑賜此名余按藥花入詩最新如人參枳殼皆見唐人詩連翹見楊太宰夢山詩余丙子使蜀山路中見白芨花因得西風盡日濛濛雨開遍空山白芨花之句若當歸詩人止習用太史慈姜伯約事未詠其花始見于鼎此詩耳按崔豹古今注當歸一名文

無本草云七八月開花似蒔蘿淺紫色

余偶論唐宋大家七言歌行譬之宗門李杜如來禪蘇黄祖師禪也

謝方山重輝别業杏花村之東有古槐十餘株傳是正德年間物乃總督宣大楊順侍郎故居也楊即殺沈鍊以媚嚴嵩者予徘徊其下顧謂方山曰此樹閱世古矣惜非安石之甘棠

詞家綺麗豪放二派往往分左右袒予謂第當分正變

不當分優劣四十年前在廣陵與鄒訏士祗謨同定倚聲集予評陳卧子詞云如香車金犢流連陌阡反令人思草頭一點之樂

宋人書問自尊與卑曰不具以卑上尊曰不備朋友交馳曰不宣見東軒筆錄今人多不辨此然三字之分別殊亦不解

孫仲謀欲築濡須塢諸將曰上岸擊賊跣足入船何用塢為快語讀之輒為浮一大白

古樂府詩云百金買寶刀懸著中梁柱一日三摩娑劇于十五女等是快語語有令人骨騰肉飛者此類是也

余家自高曾祖父已來各房正廳皆置兩素屏一書心相三十六善一書陽宅三十六祥所以埀家訓示子孫也按三十六善見宋吳處厚青箱雜記三十六祥未詳所出

又各房正廳一聯云紹祖宗一脉真傳克勤克儉教子孫兩行正路惟讀惟耕

青箱雜記云前代有翰林學士本朝咸平中始置翰林侍讀學士以楊徽之為之又置翰林侍講學士以邢昺為之此讀講學士之始亦見石林燕語

鴟尾之說傳記紛紜不一對類總龜謂龍生九子一名嘲風好險在殿角一名蚩吻好吞在殿脊博物志逸篇云螭蚴形似獸性好望故立屋角上蠻蜂形似龍性好風雨故用于屋脊二說已不同唐會要云漢武柏梁殿災越巫獻術言海中有魚名虬其尾似鴟激浪則降雨

遂作其形置殿脊以厭火災又或謂漢柏梁臺災越巫上厭勝之法乃大起建章宮遂設鴟尾之象于殿脊二說亦有不同又龍九子一名霸下好負重故為碑座屓屭好文在碑文兩旁亦出總龜博物志逸篇又云屭贔性好負重故用載石碑螭虎形似龍性好文采故立于碑文上二說名字亦不同顧鄰初宗伯說畧云霸下未詳屭贔韻會云鼇也一曰雌鼇吳都賦云巨鼇屭贔是也廣雅云有角曰虯龍無角曰宛音螭龍今世石碑上下

四旁率刻螭虎而載石作龜形蓋似鼇而稍訛霸下則竟不知何狀即龍生九子其名亦無一定之說也

漢光武帝曰仕宦當作執金吾師古曰金吾鳥名也主辟不祥遂篇又以為九子之一云金吾形似美人首魚尾有兩翼其性通靈不睡故用以巡警則又似鯀魚之屬鯀魚見孔叢子又應劭曰吾者禦也掌執金革以禦非常古今注曰執金吾棒也以銅為之金塗兩末謂之金吾

余向疑宋攻作之局曰文思院不詳命名之意青箱雜

記云考工記㮚氏掌攻金其量銘曰時文思索故今世攻作之所號文思院江鄰幾云或說文思殿名聚工巧于其側因名之曰文思院使

玉茗花海紅花皆山茶也古詩云淺為玉茗深都勝大曰山茶小海紅都勝即寶珠山茶

田綸霞(雯)少司徒為詩文好新異康熙壬午謝病歸淡歲卧疴醫立方以進輒嫌其俗易他名始服之如以枸杞為天精人參為地精木香為東華童子之類其癖好

新奇如此
秦俗尚白民間遇元旦賀壽吉慶事輒麻巾素衣以往
余所經歷西安鳳翔漢中諸府皆然聞
西巡時民庶迎
駕亦不改服按六朝人主宴處戴白紗帽晉人好著白
接䍦謝萬著白綸巾南齊垣崇祖著白紗帽南史和帝
時百姓皆著下簷白紗帽唐六典天子服有白紗帽又
唐制新進士皆白袍故有袍似爛銀文似錦相將白日

上青天之白而肅宗與李泌同出觀者謂衣黃山人衣白山人則人臣在君前亦可衣白矣清波雜志載宋乾道中內相王日嚴謂一堂環坐皆淺素極可憎乞仍存紫衫又云前此仕族子弟未受官者皆衣白則六朝唐宋皆有之不止西方尚白也酉陽雜俎云北朝時徐州角城縣僧尼著白布法衣

余家藏宋王晉卿煙江疊嶂圖長卷後有米元章書東坡長句康熙癸未三月

萬壽節九卿皆進古書名畫為壽此卷蒙納入內府傳
旨云向來進御凡畫槩無收者此卷畫後米字甚佳故
特納之仍諭知

濟南有帝舜祠在南門之內癸未春方作醮事火忽自
殿上出頃刻焚爇殆盡踰數日諸當事有事于祠方就
殿址禮拜堦下舜井水忽溢高數尺須臾汎濫急覓輿
馬而出竟不終禮而罷亦異災也井水出祠北流入明
湖至今尚然不知是何祥也泰山東嶽廟同時亦災

上駐蹕杭州山陰耆民王錫元同胞兄弟五人見于
行宫長次係雙生皆年八十三年七十八四年七十六
五年七十五率子姪凡十七人孫十八人
賜宴
賜緞錦各一疋又
賜御書扁額一門人瑞見邸報東坡志林載合浦老人
蘇佛兒年八十二有兄二人長九十二次者九十亦庶
幾矣

四十四年春夏雨澤愆期至五月望乃雨二十一日雨自酉迄辰遠近霑足穀秫皆甦苴乃播種六月初八十一日皆大雨縣東境有蝗自東北來南去不為災廿四廿五日復大雨

清波雜志言鄭暘叔靄集荆襄川蜀金石刻為五路墨寶既録碑之全文附以已說歐陽集古考究未備者間有辯正類為數巨冊考證良備悉上秘府按宋人多留意金石文字惟歐陽永叔劉原父呂進伯趙明誠董逌

黄長睿辥紹彭于今獨著鄭之名迄無知者不獨其書之湮沒無傳也惜哉南宋人陳起有寶刻叢編尤為該洽嘗從朱竹垞彝尊見寫本未暇抄録

濟寧州學武生歐陽逵叩閽自稱大禹之後下其詞巡撫議大禹姒姓歐陽逵狂率冒稱後裔革去武生依律充軍云

明太宗攻濟南鐵鉉出戰倏見有羣僧助戰甚力跡之入大佛山琵琶洞中洞石壁上刻阿羅漢皆汗流浹體

命以鐵檛碎其首像乃唐貞觀時製

歷城穆吏部深字桂陽爲閹寺所中罷歸鬱鬱成疾額中有一小人騎驢時時往來醫不知其何疾竟以是卒

明德藩端王于白雲湖在章邱亦名劉郎中泊得一馬鹿形每宴會則列于筵前負八寶盤崇禎戊寅馬無故自斃未幾濟南陷

濟南藩司署後臨明湖西偏即曾子固集中所謂西湖也曾守郡日嘗作名士軒軒今入署中明時尚有古竹

數竿芍藥一叢傳是宋故物

環明湖有七橋曰芙蓉水西湖西北池百花濼源石橋

曾子固詩從此七橋風與月夢魂長到木蘭舟

元張文忠養浩故居在今布政司街有七聘堂今改為祠明尹恭簡旻宅在歷城縣治東尹家巷邊尚書貢宅在王府前今巡撫衙署有萬卷樓王祭酒雲芝名同先尚書公諱李按察攀龍宅皆在西門外柴市許長史邦才宅在布政司街

漢終軍故里在府城南九十里尹太宰旻尹家亭子在湖上邊尚書貢別業在張馬泊劉吏部天民別業在城南六十里弔枝菴許長史邦才別業在北水門外殷文莊士儋通樂園在趵突泉西趙尚書世卿別業在府城東祝店李攀察攀龍白雪樓初在韓倉店所謂西揖華不注東揖鮑山者後改作于百花洲在王府後碧霞宮西許長史詩所謂湖上樓也今趵突泉東有白雪樓乃後人所建以寓仰止之意非舊蹟也

娥皇女英祠在趵突泉今廢曾子固詩歷城齊魯衣冠會况有娥英詫世人水經注濼源亦謂娥英水以泉上有舜妃娥英廟故也俗人但知吕仙洞矣

宋李易安名清照濟南李格非文叔之女詞中大家其母王狀元拱辰女亦工文章

辛幼安棄疾亦歷城人亦詞中大家少與党懷英同學南渡為名臣党入金官翰林學士承旨尤工篆書

德州謝生方山郎中之兄也嘗于城北水次掘得一甕

色黝而光可以鑑舁置于家忽于黝光中見人影細審之具仙佛美人衣冠甲士種種諸相須臾變滅旬日後乃無所睹

德州四牌坊西居人掘地得古冢中一石枕上鐫詩云百寶裝腰帶金絲絡臂韝笑時花近眼舞罷錦纏頭

閩中今古録論李易安晚節改適云翁則清獻為時名臣又引瞿佑詩話清獻名家厄運乖羞將晚景對非才云云以挺之為折謬矣葢以閲道謚清獻而挺之謚清

憲故致此外訛耳

謝肇淛西吳支乘云元時吳興三絕趙松雪書錢舜舉

畫馮應科筆

尹旻墓在八里山王雲芝墓在龍窩山南邊貢墓在萊

莊劉天民墓在五里溝李攀龍墓在柳溝許邦才墓在

火閘

天心水面亭南有薛文清王文成二公祠東有許忠節

公逵祠正統閒文清以吏部尚書郭璡薦督學山東文

成以弘治甲子典山東試得堂邑穆文簡孔暉為解元忠節初令樂陵當劉六之亂破賊全城後與孫忠烈公燧同死宸濠之變祠中有庶子何洛文碑又一碑刻大復先生何景明樂陵令行一篇洛文即大復之孫也

濟南郡城東七十里龍山鎮即水經注巨合城也漢耿弇討費敢進兵先脅巨里即此東坡陽關詞濟南春好雪初晴行到龍山馬足輕舊注引孟嘉落帽事固大謬施注竟畧之以此知注書之難而陸務觀任淵皆不敢

注蘇有以也

王文正不知藥欄之壞而時服其德量陳彭年不知僦宅有石榴樹而人譏其躁進其人品異也

宋太宗問杜鎬官家之義鎬以三皇官天下五帝家天下為對太宗善之蔡邕獨斷曰親近侍從稱曰大家百官小吏稱曰天家天子無外以天下為家故稱天家也漢書東平王宇曰今縣官年少張晏曰不敢指斥成帝謂之縣官然不明著其義當亦稱陛下乘輿之義也邕

又曰陛下者天子必有近臣執兵陳于陛側以戒不虞謂之陛下者羣臣與天子言不敢指斥故呼在陛下者而告之由卑達尊之意也乘輿出于律律云敢盜乘輿服御物謂天子所服食者也天子至尊不敢渫瀆言之故託之乘輿乘猶載也輿猶車也或謂之車駕又曰天子自謂曰行在所猶言行所至也

澶淵之盟既成王欽若進孤注之説而萊公見踈太祖朝盧多遜請移都鎮州經畧攻取俟復幽薊則還蹕于

汴此真孤注耳

本朝遇

内朝行慶賀禮則

上拜于

兩宮之門内諸王公貝勒貝子等從拜于門外閣臣亦

與焉六部尚書都察院左都御史已下則拜于

午門最為得體宋天聖中明肅太后垂簾詔皇帝率羣

臣上皇太后壽范文正仲淹方為秘閣挍理上疏請皇

帝率親王皇族於内中上壽詔宰臣率百僚于前殿上

兩宮壽即今制也事詳儒林公議

無錫馬翀字雲翎文肅公世奇之孫起自孤露中康熙壬子江南鄉試詩有奇氣時時仿李長吉而未竟其才游京師所皈心者獨余與崑山葉文敏訒菴方藹他無所詣也歸未幾而病依靈巖毅禪師于柏城菴得領悟一夕索筆書偈曰刀斫虚空於吾何有十里桃花千溪楊柳泊然而化年才三十

惡詩相傳流為里諺此真風雅之厄也如世亂奴欺主時衰鬼弄人唐杜荀鶴詩也今朝有酒今朝醉明日愁來明日當羅隱詩也但知行好事莫要問前程五代馮道詩也閉門不管庭前月分付梅花自主張南宋陳隨隱自述其先人藏一警句為真西山劉漫塘所賞擊者也

宋太祖自陳橋擁兵回長入祇候班喬陸二卒長率衆拒于南門乃入自北解衣折箭誓不殺咸義不臣宋自

謚太祖親至直舍歎曰忠義孩兒賜廟曰忠義易班曰孩兒終宋之世孩兒班帽後垂粉青頭髮為周世宗特賜直舍正門以黃羅護之傍穿小門出入用以旌忠南渡景定間又命譔二侯加封碑文惜二侯之名無考碑文見隨隱漫録據此則宋歷朝之褒忠可謂至矣五代史乃不為韓通立傳何所忌諱耶王子融作唐餘録載韓通于忠義傳且冠以宋初褒贈之典有見哉

辥尚功鐘鼎款識第二卷有濟南鼎二其文如五嶽真

形圖薛云是向淄傳本又云二銘字畫竒怪未容詮釋以鼎出濟南姑以名之此吾郡典故也然二鼎今不知所在或已入宣和内府矣

楓窻小牘言宋婦人封號自夫人以下凡八等如侍郎以上封碩人太中大夫以上封令人通直郎以上封孺人今皆無之碩人孺人率為婦人之通稱矣

楓窻小牘記東坡一帖録足疾方用葳靈仙牛膝二味為末蜜丸空心服神效

宋有杜善甫者濟南名士善為詩時有掌兵官遠戍其妻宴客竟夕笙歌善甫賦詩云高燒銀燭照雲鬟沸耳笙歌徹夜闌不念征西人萬里玉關霜重鐵衣寒聞者韙之詩見山書隨筆

癸辛雜識言劉義仲摘歐陽五代史之譌誤為糾謬一書以示坡公云云又言揮麈録云蜀人吴縝初第請于文忠願預官屬不許因作糾謬疑其別是一書不知吴縝所著糾謬乃新唐書也予家有舊刻本當是公謹未

睹此故疑為一書耳

東坡志林云唐末五代文章衰盡詩有貫休齊已書有亞棲村俗之氣大畧相似此論固然然齊已白蓮集至今尚傳余嘗見海虞馮氏寫本有荆南孫光憲序篇帙完好畧無闕佚文章流傳信有命乎

吾家西第石帆亭王版書屋多大竹常有小鳥翠色飛鳴其間大僅踰婦人釵梁物或結巢堅緻如罘罳似即嶺南之翡翠也柳文暢有詠白蘋洲翡翠詩則不惟粵

中有之矣李衛公有桐花鳳賦亦類此歸田録載宜春庫有翡翠琖一隻形似碧玉乃所謂翡翠屑金者非此鳥之羽也

越絶言舜父頑母嚚兄狂弟傲尸子言舜事親養兄為天下法是舜又有兄也尸子又云其游得六人曰雄陶方回續伯牙陽東不識秦不空皆賢者也或益以靈甫為七人然則舜既徽庸而七人者何以皆不見舉諸子之言誕妄不經如此呂覽淮南新序説苑之類類此者

多有君子存而不論可矣

東坡謂史記舜請流共工于幽陵以變北狄殛鯀于羽山以變東夷云云屈原云鯀悻直以亡身則鯀乃剛而犯上者耳若四族皆小人安能變四裔之俗哉葢四族之誅皆非誅死但遷之遠方為要荒之君長爾此論與竹書紀年黜崇伯鯀合而史記乃附會以渾敦窮奇檮杌饕餮惡獸之名杜預又以檮杌為鯀若然則所謂不可教訓不知話言不惟方命圮族而已四嶽何為而舉

而堯何爲姑試之耶皆不可通韓非子又謂堯欲傳天下于舜鯀與共工諫堯不聽舉兵而誅鯀于羽山誅共工于幽州呂氏春秋則謂堯以天下讓舜鯀爲諸侯怒欲爲亂比獸之角能以爲城舉其尾能以爲旌舜于是殛之羽審若是則堯舜揖讓而先以征誅而舜乃以私憾殺鯀何以服天下由是黄熊玄魚黄龍諸妄説紛紛而起禹何其不幸哉楚詞注堯長放鯀于羽山絶在不毛之地三年不舍其罪與東坡之説相近差可信

南城陳伯璣允衡善論詩昔在廣陵評予詩譬之昔人云偶然欲書此語最得詩文三昧今人連篇累牘牽率應酬皆非偶然欲書者也坡翁稱錢唐程奕筆云使人作字不知有筆此語亦有妙理

郭文答溫忠武曰人無害獸心則獸亦不害人予佩此語終身故在世塗官中外者四十五年而與世澹忘如海鷗鳥晚歲乃爲風馬牛不相及之事爲宵人媒蝎中傷似郭文之言有時而不驗然適遂其魚鳥之性雖不

敢矯情德之亦未嘗以為怨也觀音經云咒詛諸毒藥所欲害身者念彼觀音力還著于本人坡翁改之實獲我心耳

趙德麟侯鯖録以醉鄉日月為皇甫松持正撰誤也持正乃皇甫湜字松湜之子也

余初撰五言詩七言詩成京師同人鈔寫祇有七部即蔣京少景祁所刻陽羨本也曲阜顔吏部修來光敏手鈔杜蘇黃陸四家歌行而以余詩次其後日維誦之

古藥方一兩乃今之三兩也隋合三兩為一兩右見江鄰幾雜志及侯鯖録今醫家或未知此

蜀道有郎當驛即明皇雨中聞鈴聲處予丙子歲過之題詩驛壁云金雞賜帳事披猖河朔從兹不屬唐却使青騾行萬里三郎當日太郎當三郎郎當黃旛綽對明皇語也

蜀道有花名龍爪花色殷紅秋日開林薄間甚艷又有蟲其聲清越如擊磬然予壬子初入蜀曾有絶句云稻

熟田家雨又風枝枝龍爪出林紅數聲清磬不知處山
子晚啼黄葉中游宦紀聞載永福古讖云龍爪花紅狀
元西東後石壁松上生龍爪瑞花其年蕭國梁魁天下
次舉黄定臚傳復第一距花生處東西各三十五里想
即此花然山中樵蘇習見不知其為可貴也
游宦紀聞記程沙隨治腎虚腰痛方杜仲酒浸透炙乾
擣羅為末無灰酒調下又記治食生冷心脾痛方用陳
茱萸五六十粒水一大盞煎取汁去滓入平胃散三錢

再煎熱服又沙隨嘗患淋日食白東瓜三大甌而愈

干支即幹枝省文張世南云

余昔閱高麗史愛其臣金富軾之文又兄弟一名軾一名轍疑其當宣和時去元祐未遠何以已竊取眉山二公之名讀游宦紀聞云徐兢以宣和六年使高麗密訪其兄弟命名之意蓋有所慕文章動蠻貊語不虛云觀此則知余前疑不誤而是時中國方禁錮蘇黃文章字畫豈不為島夷所笑哉

雪峰百里間多箴竹筍味甚美寺衆自三月至六月猶饜飫是義存禪師手植余攷戴凱之竹紀六七十種而無箴竹先方伯贈尚書府君譜竹尤多亦不之及近杭僧箴堂有詩名其自號殆取諸雪峰云箴音谿字書云空大也

五代楊少師凝式旦將出游僕請所之楊曰宜東游廣愛寺僕曰不若西游石壁寺凝式舉鞭曰姑游廣愛僕又請游石壁凝式曰姑游石壁此與明陳太常音也罷

相似雖似可笑實有雲行水流之意可以心空及第
歐陽文忠詩雒陽相君忠孝家可憐亦進姚黃花考澠
水燕談雒陽進花始于李文定迪非始思公
宋王闢之聖涂云皇祐中范文正公守青州興龍僧舍
西南洋溪中有甘泉涌出公搆亭泉上刻石記之幽人
逋客往往賦詩鳴琴烹茶其上日光玲瓏珍禽上下真
物外之游歐陽永叔劉貢父皆有詩刻石青人目之曰
范公泉按范公泉非一今益都西南百八十里顏神鎮

城東秋谷有范公祠泉清泠出祠中東北流合城西之
龍水亦名顔孃泉北流歷淄川長山新城為孝水鄉平
長白山東峰上之書堂西峯下之醴泉寺皆有范公泉
蓋文正幼隨其母流寓長山讀書長白山中又往來秋
谷故范泉有三皆其孤貧流寓時讀書之蹟而青州之
范泉則既貴後官遊之蹟也世或不知故詳著之

海寧陸處士冰修嘉淑昔在京師與施愚山閏章梅耦長庚
每夕必過予邸不冠不襪縱談至夜分始别去陸有絶

句紀事云科跣到門衣不船船襟紉蓋方言也若杜子美天子呼來不上船自紀實事冷齋夜話以為用方言則鑿矣

武林陸圻字麗京晚號講山隱居賣藥後遊嶺南禮天然禪師法名今龍又常游溫台諸山中無定所或云有見之武當者終不詳其踪跡也或以問洪昇昉思答以口號曰君問西泠陸講山飄然瓶鉢竟忘還乘雲或作孤飛鶴來往天台鴈宕間昇予門人以詩有名京師遣

家難流寓困窮備極坎壈歸杭年餘五十矣甲申自苕霅歸落水死其詩大半經予點定不知其子能收拾否蒲州吳雯天章詩尤超逸予嘗目為仙才亦以甲申病歿于家皆士之才而不遇者而天終戹之如此惜哉

予童子時常夢人屬對出句云君子有酒旨且多予應聲曰詩人之賦麗以則覺而不知所謂後亦卒無驗云

香祖筆記卷九

欽定四庫全書

香祖筆記卷十

刑部尚書王士禛撰

昭王南征其君子化為猨鶴小人化為沙蟲疑是誕罔語耳然世頗有此事如望帝化杜宇牛哀李委化虎郗后化蟒李林甫化牛之類清波雜志載章惇化猫泊宅編載馮拯化驢甚異不知盧杞柳璨蔡京秦檜史彌遠嚴嵩之徒又當化何物耳檜墓在金陵城南牧羊亭至

今呼為狗葬則其化韓盧必矣

玉川子詩春秋三傳束高閣後世乃有故實暗合者可為一笑常秩治春秋學著書數十卷後以王安石薦起安石不喜春秋秩遂諱之時雨河告饑詔青苗錢權行倚閣或戲秩曰君之春秋亦權倚閣乎故予謂秩與种放皆穿窬小人而無識者猶載之隱逸傳不大謬耶

廣東巡撫石文晟疏言番禺縣已故儒士李無械妻何氏年百有一歲例請旌表下禮部議允行

李義山對雪詩欲舞定隨曹植馬有情應點謝莊衣雖非上乘語然尚不失雅馴墨客揮犀載羅可二句云斜侵潘岳鬢橫上馬良稍則晚唐五代惡道所謂下劣詩魔者也雅俗之間不可不辨

老學菴筆記陳師錫家享儀以冬至前一日為冬住又云唐盧頊傳云是日冬至除夜乃知唐人冬至前一日亦謂之除夜吾鄉三十年前冬至節祀先賀歲與除夕元旦同近乃不行亦不知其所以然也乙酉夏二東多

疫忽有鄉人持齋素者言以五月晦為除夕禳之則疫可除一時村民皆買香燭祀神祇祖先亦妖言也

康熙乙酉五月十八日大風從西北來先以黄氣繼以赤氣氣過而風晝晦大樹皆拔蒲臺縣之陳化鎮有三人同行風至伏田閒及風息則三人伏處皆成墳如新築者三人者皆死其下又人家造屋三間初就忽移置五里外梁柱瓦甓如故此與丁巳五月朔京師之風同

後漢書雒陽男子夜龍以弓箭射北闕龍有從兄陽夜姓也

放翁筆記謂古所謂揖但舉手而已今所謂喏乃始于江左諸王然則漢汲長孺長揖大將軍當是舉手耳然何以云長揖耶

梁園風雅明雍邱趙彦復徵生臨清汪元范明生所撰自李獻吉何仲默王子衡高子業以下凡八人義例嚴潔予常勸宋中丞牧仲合劉欽謨中州文表刻之吳中

以備河南文獻乙酉六月適寄到風雅新刻本乃嘉定門人陸廷燦較刊者予笑謂座客曰吾為朋友誤則善矣吾鄉文獻乃聽其放失可乎故嘗欲輯海右六郡前輩作者遺集五十家斷自洪永已來如許襄敏彬黄忠宣福秦襄毅紘馬文簡愉劉文和珝毛文簡紀王叔武宗文靳兩城學顏藍田玉夫殷近夫雲霄穆文簡孔暉邊尚書貢劉希尹天民許尚書成名王文定道殷文莊士儋馮閭山裕子汝强惟健汝行惟敏汝言惟訥李滄

滇攀龍李伯承先芳蘓侍郎祐楊太宰巍劉範東隅吳
太宰嶽戚少保繼光子沖澹龔方洲秉德于文定慎
行兄龎肯生慎言郭魯川本傳金沙光宅于念東若瀛
李愚谷舜臣李中麓開先邢子愿侗公文介鼐弟舉人
浮來鼐馮文敏琦鍾尚書羽正謝茂秦榛許殿卿邦才
從叔祖伯石象艮季木象春高孩之出鄒養浩頤賢先
伯父侍御府君與胥盧德水世㴶王湘容若之劉節之
孔和張元明光啟徐東癡夜董樵谷樵輩擷其菁華都

為一集守官京師四十餘載匆匆未暇今歸田矣而髦及之耳目神理非復故吾不知斯志能終遂焉否也聊志此以俟他日乙酉六月二十二日西堂書

小說演義亦各有所據如水滸傳平妖傳之類予嘗詳之居易錄中又如警世通言有拗相公一篇述王安石罷相歸金陵事極快人意乃因盧多遜謫嶺南事而稍附益之耳故野史傳奇往往存三代之直反勝穢史曲筆者倍蓰前輩謂村中兒童聽說三國事聞昭烈敗則

顰蹙曹操敗則歡喜踊躍正此謂也禮失而求之野惟史亦然　平妖傳多目神借用呂文靖事指使馬遂乃北寺留守賈魏公所遣借作潞公耳鄭毅夫有馬遂傳嚴三點已詳予居易錄

靈寶許氏塋在縣東數里背岡阜面黃河以河北中條山為案襄毅公冢在西莊敏文簡而下諸子孫以次而東形勢極河山之雄壯蔡京葬其父于杭之臨平以錢唐江為水越之秦望山為案尤據江山之勝然京與其

子攸條輩皆不得其死堪輿之說其足恃乎亦存乎其人也

筆記言宋時前輩過通家子弟請設拜既受之則設席望其家遥拜其父祖乃坐又一書記米元章與人書至某再拜則置筆几上正衣冠對書再拜又蘇黄晁張門狀皆手書又前輩與人書言除批答門狀外未嘗自書昔人于酬接書問間古道如此今後輩不知先進遺風者多矣

青浦縣有地名孔宅相傳隋蘇州刺史孔子三十四代
孫禎葬先聖衣冠處乙酉
南巡駐蹕松江府
御書聖蹟流徽扁額及二陸祠董其昌家祠芝英雲氣扁額
頒賜
諭其昌孫侯銓州同建中送吏部先用得荆門州皆曠
典也
余前記梵書薜荔為餓鬼又按酉陽雜俎云人犯五千

惡為五獄鬼萬惡乃墮薜荔也

華山玉泉院山孫亭大石旁有無憂樹四酉陽貝編云無憂樹女人觸之花方開亦簡稱侍女花之類

荆州街子葛清自項以下遍體刺白居易詩凡三十餘處人呼為白舍人行詩圖此視書團扇繡弓衣者奇矣而出于市井之流尤奇之奇

宋靖康間東京織帛及婦人首飾皆備四時如桃杏荷菊梅花之屬謂之一年景予昔使東粵過贛報謁丁鴈

水憲僉留飯園亭時甫過上元數日瓶中插雜花如桃梅桂花佛桑之屬皆盛開予戲語鴈水君可謂四時之氣具備比過嶺則芭蕉隆冬亦不凋始知摩詰雪中芭蕉未可輕議特粵中雪不易得耳

宋士大夫以四六牋啟與手簡駢緘之謂之雙書後益以單紙直敘所請謂之品字封後又變而為劄子多至十幅淳熙末朝士以小紙高四五寸闊尺餘相往來謂之手簡予家所藏萬歷中先達名人與諸祖父書劄皆

用朱絲闌大副啟雖作家書亦然五十年来乃易為寸楮日趨簡便而古意無復存矣

放翁云漢嘉荔子熟時凌雲山安樂園皆盛處余昔過嘉州考圖經明時止有會江門一株熟時專供蜀府他即無有獻賊亂蜀後并此一株亦不復存矣

宋寫書多用蒲圻縣紙今殊不聞

宋人詩至歐梅蘇黄王介甫而波瀾始大前此楊劉錢思公文潞公胡文恭趙清獻輩皆沿西崑體王元之獨

宗樂天然予觀宋景文近體無一字無來歷而對仗精確非讀萬卷者不能迥非南渡以後所及今人耳食譽者毀者皆矮人觀場未之或知也

吳江門人徐翰林電發釚寄西村集集凡二十八卷其鄉先輩史鑑明古著也明古成化間高士與沈啟南齊名而與吳原博王濟之李貞伯友善為三原端毅公所知按集中有曾祖文質府君行狀祇言洪武中縛貪吏詣闕事無一語及靖難而吳文定為明古表墓止云曾

祖彬亦無一語及遜國則致身錄之作果不足信然當時胡為而有此說遂傳千古之疑雖博洽諳典故精於考核者亦不能知也集是陳仲醇繼儒選初字醇儒

後漢嚴光傳齊國上言有一男子披羊裘釣澤中今臨淄縣南十里淄水上有釣臺傳是子陵故蹟而與七里瀨釣臺隱顯迥別此水一號龍女水又名裙帶水

澠水燕談記王黄州題孫僅文編云明年再就堯堦試應被人呼小狀元僅果繼兄何復第一世以元之為知

人予昔在京師丙辰榜後常熟歸少詹孝儀允肅以舉子下第留京師每徒步造予寓舍以詩卷相質予語之曰君書法既工而新詩無一怨尤憔悴之語將來必狀元及第已未臚傳果第一又丁丑常熟嚴寶成虞惇癸未閩縣趙書山晉予皆決其必登鼎甲已而二君先後榜眼及第二君皆予門生也

慶歷中蘇子美進奏院祠神事起無敢救解者韓魏公從容言于仁宗曰舜欽一醉飽之過止可薄治之何至

如此帝悔之歐陽兗公作蘇氏集序云嗟吾子美以一酒食之過至流落以死正用韓公語而誌中不載其事

田告字象宜篤學有文少學詩于陳希夷東游過濮客于王元之會河決著禹元經三卷已而得水樹于濟南明水將隱居焉貽書徐常侍鉉鉉答曰負鼎叩角顧廬築岩各由其時不失其道在我而已何常之有遂決高蹈笠易遇睽因自號睽叟從學者常數百人淳化中韓丕言于天子召赴闕詔書及門而卒皇祐中濟南翟書

裒其文四十八篇析為三卷又次其出處作睽叟别傳
令明水在章邱城南土鼓縣故城西亭山縣東北曰淨
明泉在百脈泉西北即繡江之源也齊乘云朗公谷諸
水東西伏流西發趵突東發百脈所謂金霏碧渟韻琴
筑而味肪醴者也此吾鄉高逸第一流昔撰古懽錄遺
之夏日雨過讀澠水燕談得告事因略述水經注元和
郡縣志齊乘而著于篇
皇祐五年王汾擢進士甲科唱名日左右奏免解進士

例當降甲仁宗覽家狀曰汾先朝學士禹偁曾孫遂不降甲後又以元之孫超陞朝籍元之以直道不容于太宗而仁宗特擢其孫與蘇黄黨禁于徽宗而其孫與甥皆見擢于高宗事同直道固不終泯而仁宗高宗之憐才亦古今所罕覯也汾本名元宗字彦祖以夢改名

唐開元二十七年詔追謚孔子文宣王命其後嗣襲聖侯改封嗣文宣公宋初孔氏子孫襲封仍唐之舊仁宗納祖擇之言改封衍聖公至今因之

左必蕃廣州順德人由監察御史出知揚州府乙酉
上南巡嘉其清節特擢太常寺少卿以難其代仍
命知府事
宋初文士稱高梁柳范謂高弁梁周翰柳開范果也在
楊劉之前而人多不知
祥符中劉僩為陝州司法叅軍廉慎至貧官罷無以辦
裝賣所乘馬跨驢以歸魏野以詩送之云誰似甘棠劉
法掾來時乘馬去騎驢真宗祀汾陰見野詩嘆賞久之

時偁為江南幕官名至以為京官知青州博興縣後有差除上曰得如劉偁者可矣不數年亟遷主客郎中令博興名宦不知祀偁否録之以備遺闕云右見澠水燕談録

乙酉自濟南至青州諸郡縣皆有狼災

李石續博物志言劉亮合仙丹得白蟾蜍白蝙蝠服之立死又陳子真得蝙蝠大如鴉食之一夕大泄而死又云丹水有石穴蝙蝠百歲者倒懸得而服之使人神仙

其自相矛盾如此

薏苡一名簳珠

續博物志言文帝擬五經尚書大傳使掌故歐陽生等受尚書于伏生按漢書詔太常使掌故鼂錯往受之非歐陽生歐陽生字和伯千乘人（今樂安縣）事伏生授兒寬又授孔安國其源流如此非以掌故往受經者也志又云漯水有伏生墓亦非漯乃獺之訛

磻溪在鄗而李石云磻溪在汲郡有太公泉太公廟附

會可笑

人死為鬼鬼死為聻李石以聻為滄耳虎音積又有你音揞物貌禪家有此語

飛廉紂時諸侯或以為惡獸頭似羊又以為神禽頭似鹿此亦以檮杌為鯀之類又方書之漏蘆一名飛廉

高麗人參贊三椏五葉背陽向陰欲來求我椵樹相尋椵木葉似桐甚大而陰多人參生其陰人參譜

上金謂之紫磨金劉迎詩紫磨金餅瞰扶桑迎字無黨

萊州人

湘州記蔡子池南有蔡倫舂紙臼令成都萬里橋西江岸有薛濤造牋石臼或云是蜀府造牋處

楊汝士于楊於陵座上賦詩云文章舊價留鸞掖桃李新陰在鯉庭元白嘆伏汝士歸謂子弟曰今日壓倒元白又在洛中裴晉公夜宴汝士詩云昔日蘭亭無艷質此時金谷有高人元白失色此本一事而重複誤書之耳按裴白在洛與劉夢得多倡和聯句裴詩所謂成周

文酒會吾友勝鄒枚唯憶劉夫子而今又到來是其事也是時文宗太和七年癸丑白罷河南尹再授賓客分司八年甲寅裴為東都留守開成元年丙辰劉分司東都楊汝士東川節度使二年丁巳留守裴侍中修禊于洛合宴舟中先是太和五年元已薨于武昌安得與樂天汝士同在洛中裴宴賦詩耶小說之不考而妄語如此可笑也

癸辛雜識記宋十五帝御押太祖亞立元押太宗亞仁元押

真宗闕仁宗白令益都孫相國沚亭廷銓顏山雜記所録鳳凰嶺玉皇宫石刻宋四聖御押殊不同太祖及太宗又真宗巵仁宗泐闕竝載之以備參考

白氏文集記云家藏之外别録三本一寘東京聖善寺鉢塔院一寘廬山東林寺經藏一寘蘇州南禪寺千佛院澠水燕談云廬山寺白集七十卷廣明初為高駢强取去後四十年有王長史者徧求善本較正而藏之尋又易去頗多舛謬真宗詔取至都下命侍臣以諸本參

訂繕寫付寺僧謹藏之真宗可謂右文之主也

鄰幾雜志雄霸閒塘泊冬月載蒲葦皆用凌牀雖官員亦乘之今京師之俗猶然謂之冰車

太倉崔華字不雕予門人也工詩畫常有句云丹楓江冷人初去黃葉聲多酒不辭予極愛之呼為崔黃葉歷城族子苹字秋史壬午舉人有句云亂泉聲裏才通屐黃葉林間自著書予亦呼為王黃葉初予少年和李清照漱玉詞云郎似桐花妾似桐花鳳劉公㦷體仁戲呼王

桐花鄒程村祇談云崔黄葉自合作王桐花門生耳

同年祁工部珊洲文友官廬江令有絕句云昨夜東風吹雨過湔江春水長魚蝦子戲之曰古人警句例標美名欲呼兄作祁魚蝦必不樂受奈何因憶宋人有呼梅聖俞為梅河豚者敢援此例一座皆笑

鄰幾雜志云當刑奏案貼黄上更加撮白撮白上復有貼黄今不知撮白為何語石林燕語又謂之引黄

鰒魚產青萊海上珍異為海族之冠南史有餉三十枚

者一枚直千錢今京師以此物餽遺率作鮑魚則訛作秦始輼輬中物可笑又一郎官餽歲單有燒鵝見之愕然徐問之乃鴨之訛耳

李贄極稱武曌馮道亦猶丁謂以曹操司馬懿為聖人夏竦美李林甫相業君子小人各從其類如此

周密記德壽宫中秋賞月之所橋用白石甃之瑩徹如玉以金釘鉸橋下皆千葉白蓮花御几御榻瓶爐酒器皆以水精為之水南皆宫女奏清樂水北皆樂工吹笛

比視明皇月宫之遊豈有人間天上之異又程史云德壽在北内孝宗將以元旦舉慶典有北賈攜通天犀帶一進于内帶十三銙銙皆正透有一壽星扶杖立云云亦奇物也

東坡十歲讀范滂傳慨然太息願效之山谷晩謫宜州為宜倅余㠯之子滋游默書范滂傳才忘二三字孟博一傳檃括蘇黄始終乃爾志士仁人千載而下猶為感憤山谷書范滂傳後藏趙忠定家事見程史

癸辛雜志云治喉閉用帳帶散惟白礬一味或不盡驗南浦有老醫教以用鴨嘴膽礬研細以釅醋調灌有鈴下一老兵妻患此垂殆如法用之藥甫下咽即大吐去膠痰數升立差又治眼障用熊膽少許以淨水略調盡去筋膜塵土用氷腦一二片癢則加生姜粉些少時以銀筯點之奇驗赤眼亦可用

陸務觀作姚平仲傳言隱蜀青城山時出至丈人觀紫髯郁然走及奔馬癸辛雜識又云李次仲遇姚平仲于

廬山豈晚又出蜀遠游乃至吳楚耶

周公謹述括蒼陳坡言治痘瘡色黑倒靨唇口氷冷方用狗蠅七枚擂碎和醅酒少許調服移時即紅潤如舊（冬月蠅藏狗耳中）又治痘毒上攻内障方用蛇蜕一具淨洗焙燥再用天花粉等分細末之取羊肝破開入藥末于内麻皮縛定泔水煮熟切食之旬日即愈

古人作墓誌行狀多云皇祖皇考余嘗疑之未達其義

周密云詩思皇多士詩記引顏注漢書云美也急就章

注云正也大也泰誓孔傳訓望為前
宋人書感激曰感磯取孟子是不可磯也注云磯激也
義與激同然亦鑿矣
荆楚歲時記河鼓謂之牽牛黄姑即河鼓也古詩云黄
姑織女時相見李後主詩云迢迢牽牛星渺在河之陽
粲粲黄姑女耿耿遥相望則又以黄姑為織女不知何
據
大唐新語謂梁簡文好作艷詩江左化之謂之宫體晚

年改作追之不及乃令徐陵撰玉臺集以大其體今觀玉臺新詠所錄皆靡靡之音正足推波助瀾何區雅鄭此集予在京師曾見宋刻今吳中寒山趙氏翻刻本可謂逼真

唐初御史裏行之名自馬周始又云武后革命恐人心不附供奉官正員之外又置裏行御史遺補有車載斗量之謠

大唐新語李襲譽性儉約好讀書寫書數萬卷謂子弟

曰吾不好貨財以至貧乏京城有賜田十頃可以充食河南有桑千株可以充衣寫得書萬卷可以求官汝曹第勤此三事何求于人右數語可作家訓故錄之以示子孫

隋時天子及貴臣多著黃紋綾袍烏紗帽百官皆著黃袍及衫出入殿省見大唐新語臣下得著黃亦太凌僭矣至唐始有紫緋青綠之別

莊子與釋氏不甚相遠唐傅奕精于莊老而力詆佛教

殆不可解

握拳透爪世但知顔魯公獨異志云晉中書令卞忠貞殉蘇峻之難後盜發其墓面色如生兩手皆拳爪甲穿于手背與魯公同

唐文皇病痢諸醫不效金吾長史張寶藏進方以乳煎蓽茇服之立差

唐玄奘法師摩頂松在齊州靈岩寺師取經西域歸始住長安洪福大慈恩二寺及宜君玉華宫譯經且靈岩

屬今長清縣圖經但以為佛圖澄卓錫之地而不知玄奘故著之

後漢馬略閉戶讀書十年不出三日一食鄉里謂之潛龍此在卧龍之前

宋宇文伯修藏一古鼎欵識曰輦酌宫棨班書宣帝紀常困蓮勺鹵中如淳注蓮音輦勺音灼縣名雍録曰漢蓮勺縣唐之下邽縣也元和志曰下邽東二十三里有蓮勺故城然三輔黄圖雍録所載漢宫殿名甚詳無所

謂筆酌宮者蓮勺諸書皆言縣名亦不言有宮者之以

侯博雅如劉原父者

孫思邈千金方人參湯須用流水煮用止水則不驗人參譜

沈存中筆談補云前世風俗卑幼致書尊者但批紙尾答之謂之批反如諮書批答之義故紙尾多作敬空字謂空紙尾以候批反耳按昔人謂謹空之空乃九拜之空首拜也二說互異周禮春官大祝辨九拜一曰稽首二曰頓首三曰空首四曰振動五

曰吉拜六曰凶拜七曰奇拜八曰褒拜九曰肅拜

新唐書如近日許道寧輩畫山水是真畫也史記如郭忠恕畫天外數峰略有筆墨然而使人見而心服者在筆墨之外也右王楙野客叢書中語得詩文三昧司空表聖所謂不著一字盡得風流者也

郭忠恕著佩觿汗簡二書並載宋史藝文志而汗簡不傳于世今秀水朱氏有鈔本六卷吳門新刻逼古可寶也首有李建中題云汗簡元闕著撰名氏因請見東海

徐騎省鉉云是郭忠恕製復舊臼字部末闕字注脚趙字下俱有臣忠恕字驗之明矣後有天禧二年七月十七日開封府判官虞部員外郎李直方序又庚寅六月所南鄭思肖為山礀葉君題汗簡後是書所援据自古文尚書以下凡七十一家多今世未見者

嘗見人家竈側多促織竊疑之偶讀酉陽雜俎云竈馬狀如促織而稍大好穴竈側竈有馬足食之兆

濟南明湖蛙不鳴濰縣無蟬或閱數年間聞其聲則置

酒競往賞之以為異事

段柯古云竹譜竹類三十九按戴凱之竹譜乃七十餘種

宋英宗守文令主然其知人之哲尤不可及舊制御史闕令中丞及翰林學士知雜迭舉英宗内批自除二人范堯夫以江東轉運判官為殿中侍御史呂微仲以三司鹽鐵判官為監察御史裏行如此用人雖唐虞三代盛際何以加之使神宗能守家法何至王呂輩紛紛亂

天下耶御史裹行始于唐初迄宋尚仍之不改

政和間以詩為元祐學術御史李彥章遂上疏論淵明李杜以下皆貶之因詆魯直少游無咎文潛請為科禁至著于律令云諸士庶傳習詩賦者杖一百其紙陋一至于此是時大臣朝士皆安石之餘孽然安石惟欲廢春秋耳其詩實于歐蘇間自成一家亦可概謂元祐學術乎此古今風雅一大厄也

葉石林云晉宋間佛教初行未有僧稱通曰道人宜和

崇道教改沙門曰德士道人德士正是絶對

避暑録言吕文穆蒙正為父龜圖所逐衣食不給龍門寺僧識其貴人延致寺中鑿山岩為龕以居之凡九年後諸子即石龕為祠堂名曰肄業富大忠為之記令人以傳奇有破窰之説志書亦沿俗論但言窰而不知有龕并龍門僧亦湮没不傳可惜也

勞山多耐冬花花色殷紅冬月始盛開雪中照曜山谷彌望皆是説者謂即南中之山茶然花不甚大所云海

紅花是也

趙俊字德進歸德人宋為南京偽齊劉豫起為虞部員外郎者三以告强畀其家卒力却之凡家書文字一不用豫僭號但書甲子此亦一陶淵明也又南唐自顯德五年用中原正朔士大夫以為恥碑文但書甲子見懶真子古來如謝康樂宗少文輩癖好山水者多矣明臨海王恒叔士性宦游所至輒登臨山水間窮極幽奥作遊記數十篇江陰徐霞客終身于游至歷絕域徼外前人為作

傳可謂好事者矣予同年吳君順治末進士嘗游武林宿留數月始歸予詢以西湖西溪諸名勝曰皆不知也詢其未往游之故則大笑曰吾跋涉水陸二千餘里豈為山水往耶予為先兄西樵言之以為人嗜好逕庭乃如此

石林避暑録述景修言往以九月望夜道錢唐與詩僧可久泛西湖至孤山時已夜分月色正中湖面渺然如鎔銀傍山松檜參天露下葉間薿薿皆有光微風動湖

水晃漾與林葉相射可久清癯苦吟坐中不勝寒索衣無所有空米囊覆其背以為平生得此無幾此一段文字非東坡不能道景修姓張字敏叔常州人也

唐望江令魏信陵詩予向從萬首絕句得三首錄之頃又從王楙叢書見一聯云臺笠看山雨渚田耕荇花語最工而不得全篇

晉簡文帝鄭后諱阿春故晉人謂皮裏陽秋孫盛晉春秋為陽秋梁武帝小名阿練改練為絹令絹布之絹俗

罕知其為練矣

鵾夷河豚也𩹉蒲海䖳也西施舌海燕所化久則復化為燕鯇三腮鱸四腮

富文忠公不以文章見長康節外紀載其過堯夫一詩云先生自衛客西畿樂道安閑絶世機再命初筵終不起獨身窮巷寂無依貫穿百代嘗探古吟詠千篇亦造微珍重相知忽相訪醉和風雨夜深歸頗可誦

馮元成雨航雜録云皇甫百泉與王弇州名相埒時人

謂百泉如齊魯變可至道幷州如秦楚强遂稱王此二語最是確論

香祖筆記卷十

香祖筆記卷十一

刑部尚書王士禛撰

石林言在建康見唐汾州刺史李暹誥開元二十年七月六日下列銀青光祿大夫守兵部尚書兼中書令集賢殿學士蕭嵩侍中兼吏部尚書弘文館學士光庭裴不書姓學士結銜皆在官下據此則集賢翰林諸學士結銜在官上始于五代可信不疑

宋宰執享有高壽者五人張鄧公八十六陳文惠八十
二富鄭公八十一杜祁公八十文潞公九十二此業少
蘊所記尚有李文定龐穎公二人皆未及八十
泊宅編歐陽子守滁作醉翁亭記後四十五年東坡為
大書重刻改泉洌而酒甘為泉甘而酒洌今讀之實勝
原句此碑予乙丑過滁游琅邪山見之搨得數紙
方勺引劉中壘謂泥中中露衛二邑名式微之詩蓋二
人所作是為聯句所起此說甚新然不知有據依否

異聞錄唐明皇以八月五日生宋文貞公璟表云月惟仲秋日在端午凡月之五日皆可稱端午也

異聞錄三月為一時兩時為一行兩行為一季二年半為一雙以閏月兼本月此謂月雙五年再閏為閏雙今止謂三月為一季耳

七夕之說自三代以來相沿舊矣宋太平興國中詔以七日為七夕著之甲令而其後多以六日為七夕名七夕而用六不知起于何時右見異聞錄按東京夢華錄初六初七

晚貴家多結綵樓于庭謂之乞巧樓則當時初六初七兩日皆可乞巧遂相沿而不察耳然今竝無初六為七夕之説

文潞公帶平章事三十七年

本朝惟高陽李文勤公霨居内閣二十七年宛平王文靖公熙在内閣二十年二公皆為首揆最久而王公始終恩禮之厚尤為

本朝宰臣第一予撰文靖神道碑具書之

葉少藴言唐及國初京師皆不禁打鐵 五代始命御史

服裁帽淳化初又命公卿皆服之既有繖又有帽故謂之重戴祥符後惟親王宗室得用繖其後通及宰相參政令裁帽席帽分為兩等中丞至御史六曹郎中于席帽前加全幅皂紗僅圍其半為裁帽員外郎以下則無之為席帽按此製似古婦人冪䍦今眼紗之類而名為裁帽不可解又按張泊題右丞畫孟襄陽吟詩圖云襄陽之狀峭而瘦衣白袍靴帽重戴乘款段馬一童總角負琴而從觀其圖乃帽上加皂色幅巾垂于肩後但不

似羃䍦掩面耳殊近裁帽之製而謂繖與帽為重戴豈唐宋所謂重戴又有殊異耶

前備載宋太祖至仁宗四聖御押互異石林燕語又記王安石作押先橫一畫左引脚中為一圈圈多不圓時謂押歹字予謂以歹為石與安石為人名實亦自相副

前輩有集古名臣花押為一書者唐謂之花書

唐人科場率多請託主司多隔歲預定乃至榜帖亦有令舉子自為者摭言所載幾同兒戲至宋初始革其弊

如范質為相其姪杲夙受知陶穀竇儀而不敢就試李昉為相其子宗諤唱名辭不入被黜文正罷相方再登科先進遺風與明王忠肅王端毅二公輝映前後良可敬也若秦檜張居正之徒則反是

宋世士大夫最講禮法然有不可解者二仕宦卒葬終身不歸其鄉一也閥閱名家不以再嫁為恥如范文正幼隨其母改適朱氏遂居長山名朱說既貴凡遇推恩多予朱姓子弟其長子純佑與王陶為僚壻純佑卒陶

妻亦亡陶遂再婚范氏長姨忠宣但疎之而已文正輒
聽其改適不為之禁尤不可解也
交梨火棗相沿稱之未達其義蠡海集云梨春花秋熟
實蒼花白有金木交互之義故曰交梨非謂交州也
宗室紅蘭主人工詩畫有玉池生集又刻郊島二家詩
曰寒瘦集生于富貴而其胸懷蕭灑乃爾亦奇又鎮國
將軍博問亭自號東皐主人亦以詩名刻白燕樓詩若
干卷天潢多好學如此足見

本朝文教之盛

佛果禪師云閻浮提雨淨水具諸天相方時大旱雨忽降莫知其價此兠率天上雨摩尼也方欲收禾霖雨不止此阿修羅中雨兵仗也甘雨及時人皆飽足此護世城中雨美饍也乙酉春無雨雪四月閏四月麥秋將屆猶不雨至五月乃沛然霑足其後連雨幸旋晴霽而田家時有恒雨之懼兠率修羅在反掌間信天道之難測也

馬永卿云常見李西臺所書小詞中羅敷作羅紨後讀漢書昌邑王賀妻十六人其一人嚴羅紨紨音敷作紨必有據依當詢之攻六書者

臧武仲名紇紇恨發反字書云下没切痕入聲懶真子云唐蕭穎士性輕薄有同人誤讀臧武仲名譏之曰汝紇字也不識今俗語云瞎字也不識葢紇字之訛

黄山谷名庭堅臯陶字也或曰即高陽氏八才子之一字曰魯直懶真子云慕季文子之逐莒僕故曰魯直

歸田録稱楊文公大年作文則與賓客飲食投壺奕棋而不妨構思揮翰如飛文不加點門人傳録疲于應命真一代之文豪歐公一代文宗而其推服前輩如此益知石祖徠怪説之妄且柳開穆修之徒視歐陽豈止如陳涉之啟漢高耶

田元均為三司使性寛厚有干請者雖不從必温顔强笑以遣之語人曰為三司使數年强笑多矣直笑得面似靴皮月泉吟社有謝詩賞答啟云恭惟其官笑面如

靴葢用此語不惟文雅馴亦本非佳語而援以為贊頌之詞謬矣

取大蒜一握道上熱土雜研爛以新水和之濾去滓灌之治卒然中暑氣閉即蘇見避暑録

明時稱大學士曰閣學今但稱中堂而稱學士為閣學按閣學之名起于宋宣和末陳亨伯為龍圖閣直學士稱龍學顯謨徽猷二閣直學士欲效之而難于稱謨學猷學乃易閣學然古稱大學士止曰大學明殿閣詞林

記又有殿學閣學詹學諸名

劉原父貢父博雅為北宋第一流惜公是公非二集不傳故後世之名出歐蘇下耳如石林拈原父詩句云涼風起高樹清露墜明河此亦何減元暉仲言襄陽蘇州耶

菌毒往往至殺人而世人不察或以性命殉之予門人吳江葉進士元禮舒崇之父叔少同讀書山中一日得佳菌烹而食之皆死予常與人言以為戒又楓樹菌食之

則笑不可止陶隱居本草注掘地以冷水攪之令濁少頃取飲謂之地漿可療諸菌毒

周體觀伯衡遵化州人順治己丑進士以庶吉士出為給事中外補饒九南道副使與施愚山閏章同為江西監司又同年也其風流好事略相似有過黃州絕句云不見當年劉克猷子壯己丑狀元西風吹淚古黃州舊時江路能來否落日招魂故驛樓殊不愧古人也予兄叔子古祜重經釆石感懷曹梁父二絕句云憶向江干惜別離黃昏

石壁共題詩令來寂寞空江上獨酹青蓮夜雨祠禪榻
何人對寂寥短槳和淚雨瀟瀟若為灑向寒江裏月黑
雲深欲上潮亦不減周作梁父姑孰文士好交游其兄
蓀字滄波與予善
時聞西牕琴凍折三兩絃孟東野詩也淨几横琴曉寒
梅花落在絃間楊慈湖詩也松枝落雪滿琴絃倪雲林
詩也鯈魚出水浪花圓北固樓前四月天忽憶戴顒牕
戶裏櫻桃風急打琴絃予在廣陵時詩也此詩今不存

集中

時有自縣令累官開府所至以賄聞為四川巡撫黷貨不已諸子從容諫曰大人位中丞齒高矣家已粗給何必孳孳于此某諦聽久之答曰汝曹何知多多益善

八米盧郎或云八采說者紛紛不一按太平廣記止是八詠耳魏高祖山陵詔魏收劉逖祖孝徵盧思道各作挽詞尚書令楊愔詮之收四首劉祖各二首被用盧獨取八首時號為八詠盧郎此謂哀挽且非佳事

董卓曹操吳元濟黄巢輩後人有為立廟者是非羞惡之心安在宋景祐中南郊赦録朱全忠子孫梁莊肅方監在京倉上言全忠唐叛臣録之何以示勸仁宗善之遂見擯用洪固賢矣仁宗真聖主哉

宋制紫宸垂拱常朝遇雨則傳吉拜殿門下謂之籠門

刻書始五代固然然石林謂唐柳玭家訓已有之矣

今九卿自大理太常已下官署皆名曰寺沿東漢之舊也鴻臚寺本以待四裔賓客明帝時摩騰竺法蘭自西

域以白馬馱經至洛故舍于鴻臚寺今之白馬寺即漢鴻臚寺舊址後遂以名浮屠之宮非偶同也

王禹玉作龐頴公神道碑其家潤筆柰以古書名畫三十種中有唐杜荀鶴及第試卷予生平為人家作碑版文字多矣惟安德李氏以楊孟載手書眉菴集一部相餉耳宋時至有督潤筆者不以為非唐白樂天與元微之至交白作元誌銘潤筆亦至五六十萬今則諛墓之金殆絶響矣

黄生其廬州人遊于吾郡偶以偏方療疾皆效記其三云治痞積方用大草麻去殼一百五十箇槐枝七寸香油半觔二味同入油内浸三晝夜熬至焦去渣入飛丹四兩成膏再入井中浸三日夜取出先以皮硝水洗患處貼之治痔方便後以甘草湯盪洗過用五棓子茘枝草二味以砂鍋煎水盪洗茘枝草一名癩蝦蟆草四季皆有之面青背白麻紋壘壘奇臭者是治血崩方用猪鬃草四兩童便清酒各一鍾煎一鍾温服猪鬃草如莎

草而葉圖淨洗用之

令人稱先生古人亦有止稱先者漢梅福曰叔孫先非不忠也師古注先猶言先生又鄧先好奇計及張談先之類後世中官稱士大夫曰老先亦有所本

後人妄改古詩如謝茂秦改元暉澄江淨如練之類為世口實惟王楙野客叢書改陸士衡齊謳行孟諸吞雲夢百二侔秦京曰八九吞雲夢語既渾成對又精切確不可易也

唐詩人張祜字承吉與白樂天杜牧之同時其詩事班班可考野客叢書引祜不信寧王迴馬來及金輿遠幸無人見偷取邠王小管吹之句以為祜目擊時事而作又祜有詠武宗時孟才人之作云一聲何滿子雙淚落君前一述明皇事一述武宗事遂疑其身涉十一朝年且百二十歲云云此説愚甚可笑唐人詠明皇太真事者不可枚舉如元白連昌宫詞長恨歌二篇其最著者又如李義山如何四紀為天子不及盧家有莫愁之類

亦多矣豈皆同時目擊者耶即祜樂府春鶯囀雨霖鈴等作皆追詠天寶間事何獨疑于前二詩耶

先大父方伯贈尚書公手書遺訓有云吾既無厚遺而使汝輩過營喪葬之費心殊不忍虛地上以實地下又所深惡云云蓋本漢貢禹衆庶葬埋皆虛地上以實地下其過自上之語

妻之父為外舅母為外姑見爾雅釋名諸書然今俗謂妻之父為丈人其來亦遠裴松之三國志注獻帝舅車

騎將軍董承句云古無丈人之名故謂之舅則是南北朝已稱丈人也爾雅妻黨云妻之晜弟為甥姊妹之夫為甥今無此稱有稱之者鮮不以為怪矣

安祿山生于南陽時李筌為鄧州刺史夜識東南有異氣于村落物色得之慘然曰此假王也座客勸殺之筌不聽後有罪當刑節度使張守珪奏于朝亦不殺遂釀天寶之禍然則真王不死假王亦不死也豈亦運氣使然耶筌即注陰符者

唐蔡京假節邕州道經湘口泊浯溪中興頌所偪俛不前題詩曰停橈積水中舉目孤煙外借問浯溪人誰家有山賣此詩未收浯溪志予昔撰浯溪考亦遺之偶讀雲溪友議追錄于此用補向來之闕

夜夜月為青冢鏡年年雪作黑山花唐人尉遲匡詩也匡以詩干李林甫反遭斥辱雲溪友議具載其事而未見全篇升菴補作塞上曲極工今載集中

予以順治十二年乙未科登第甫弱冠時預同年讌會

東歸後有寄友人詩云當年曾記鳳城頭比舍相過盡雅遊道政里中人似璧善和坊北月如鈎閒邀師子尋新曲醉遣猧兒亂酒籌今日相思一彈指坐驚花事到黔陬後數年理揚州寄嚴州詩云秋水初波枕畔流欲將愁思寄嚴州新安江水千餘里何處天邊風露樓皆有本事今思之已四五十年如前塵昨夢二詩皆不載集中故追録

乾州武則天陵墓過客題詩譏笑者必有風雷之異利

州乃武生處今四川廣元縣是也嘉陵江岸皇澤寺有其遺像乃是一比邱尼予過之題詩云鏡殿春深往事空嘉陵禍水恨難窮曾聞奪埒瑤光寺持較金輪恐未工葢用洛陽伽藍記瑤光寺尼工奪埒之語以譏之且曰爾果有靈不妨以風雷相報已而晴江如練微風不作頃刻百里豈老狐獨靈于乾陵不靈于利州乎記之以發一笑李義山亦有二絕句自注云感孕金輪處

唐人最重進士科然主司舉子關節交通不以為怪乃

至宗族子姓亦不迴避如沈絢尚書主春闈其母曰近日崔李侍郎皆與宗盟及第汝于諸葉中擬放誰耶絢曰莫如沈先沈擢母曰二子早有聲價科名不必在汝沈儋孤寒鮮有知者絢不敢違母命遂放儋及第是以朝廷名器為宗族之私恩也今迴避之例雖嚴然亦有可議者如翁壻舅甥不相迴避而外簾供給所等官本無關涉凡子姓亦一體迴避如平原同年張良哉完臣為國子監助教三科皆供事會試外簾其子與宗姓三人

引例迴避遂淹滯十年之久詎非值乎唐人著族惟聞喜裴氏滎陽鄭氏稱眷不稱房吳興沈氏則稱葉不詳所始

予既選刻邊尚書華泉集及其仲子習逸詩又訪其七世裔孫紹祖請于當事為公奉祀歷城諸生張逮字澄源邊氏子佃主也又訪其集于臨邑故家得魏允孚刻本為重鐫之書來請序并謀新公祠宇祭田可謂好事喻義者因書之乙酉七月二十一日記

宋初收江南西蜀徐熙黃筌父子皆入京師筌畫花卉但以輕色染成不見墨跡謂之寫生熙以墨筆畫之殊草草略施丹粉而神氣生動筌惡其軋已言其不入格罷之熙之子乃效諸黃之格更不用墨直以粉色圖之謂之沒骨圖畫花鳥者今有此兩種如近日姑蘇王武熙派也毘陵惲壽平金陵王槩筌派也二派竝行不可相非惟觀其神氣何如耳槩字安節詩人方文嵞山之壻與兄蓍字宓草皆以工花鳥擅名詩亦不凡蓍初名

尸槩初名巧後改今名亡友汪鈍翁贈吳人文點與也詩云君家道韞擅才華愛寫徐熙沒骨花謂趙几夫子婦文俶衡山之孫女也然沈存中謂沒骨花乃熙之子非熙也

王仲至愛摩詰黄梅出山圖筆談以為黄梅曹溪二像氣韻神檢各如其為人讀二人事跡還觀所畫乃知其妙余在廣陵時有余氏女子名韞珠刺繡工絕為西樵作須菩提像既又為先尚書府君作彌勒像皆入神

妙又為余作神女洛神浣紗杜蘭香四圖妙入毫釐益與畫家同一關捩令有以土塑木雕為人作小照者往往逼真亦絶技也

京朝官三品已上在京乘四人肩輿輿前藤棍雙引喝道四品自僉都御史已下止乘二人肩輿單引不喝道宋人喝道皆云某官來以便行人迴避明代閣臣入直呵殿至闕禁中令則至棋盤街左右即止凡八座皆然行人亦無迴避者矣

令京官四品如國子監祭酒詹事府少詹都察院僉都御史騎馬則許開棍喝道肩輿則否予同年徐敬菴旭齡由僉都御史巡撫山東出都日騎馬開藤棍此舊例也凡巡撫入京

陛見多乘二人肩輿亦不開棍喝引

沈存中謂楚詞之些蓋楚人舊俗即梵語薩縛訶三字之合也蓀即菖蒲蕙即零陵香茝即白芷又云杜蘅即馬蹄香令偽作細辛用

沈存中云薊州大薊茇如車蓋因言揚州宜楊荆州宜荆按揚州字從手子雲姓正此揚字又古侯國名今山西洪洞縣是也如沈說則州名當從木非是然存中號博物不應有誤當更考之若丹陽亦稱丹揚則自孫吳江左已來舊矣

存中又云淡竹對苦竹為文除苦竹外悉謂之淡竹今南人食筍有苦筍淡筍二種淡筍即淡竹也或謂淡竹別自一種蓋因本草別疏為一物耳非是

急急如律令五字本漢公移常語張天師漢人故承用之道流至今祖述見雲麓漫鈔

晏元獻為相求擇壻于范文正文正曰公女若嫁官人則仲淹不敢知必求國士無如富高者高即文忠公弼雋名也孫公談圃乃謂元獻門下常賣人王青善相人一日夫人召相其女遂曰國夫人也又曰恰有一秀才姓富須做宰相明年狀元及第夫人以告元獻遂使人通好云云不知何據

談圃記曾魯公七十餘病痢鄉人陳應之用水梅花臘茶服之遂愈但不知水梅花是何物

龍城錄載王宏濟南人與唐文皇少為同學從受八體書既登極訪宏隱去不見此吾鄉之嚴子陵而志乗佚不載故著之

俞次尚字退翁湖州人官屯田員外郎與妻皆達禪理次尚病呼其妻曰我將死時二子在外妻曰我欲先死君俟諸子至未晚也言訖奄然而化已而諸子至次尚

曰吾亦行矣即趺坐化去孫莘老為表其墓此與龎公靈照事同見談圃

舊唐書賈餗傳但言祖渭父寧龍城録則云餗父名奭字師道才吏也五十歲棄家隱伊陽鳴皐山著書二十卷號鳴皐子山中人言其仙去子餗亦有才然不逮于父風

予為盤山釋智朴題詩用苗茨字朴疑之書詢出處按洛陽伽藍記奈林南有魏明帝苗茨之碑楊衒之釋曰

以萬霞之故云苗茨

天下梵刹皆以内典字義為名予昔奉使四方見亦有不盡然者如太湖道中有釣魚寺成都青羊宮本桃花尼寺重慶塗山上有相思寺因山有相思竹故名亦可異也

姑蘇士人家玉蟾蜍一枚皤腹中空每焚香置爐邊煙盡入腹中久之冉冉復自蟾口噴出

滁州含桃閣下劚地得石匣匣中有巨編數帙乃陳留

鄭向所述五代開皇紀三十卷乾興元年向以尚書屯田員外郎為郡守㾗此書于閣下有銘云云見墨莊漫録按乾興乃真宗末年號此書在薛居正後歐陽修前而世罕知者不知尚有傳本否也

古來武人能詩如宋沈慶之徼生遇多幸得逢時運昌朽老筋力盡徒步還南岡辭榮此聖世何愧張子房梁曹景宗去時兒女悲歸來笳鼓競借問行路人何如霍去病北齊斛律金敕勒川陰山下天似穹廬蓋四野天

蒼蒼野茫茫風吹草低見牛羊高教曹攏種千口羊泉
連百壺酒朝朝圍山獵夜夜迎新婦唐王智興三十年
前老健兒剛被郎官遣作詩江南花柳從君詠塞北煙
霜獨我知宋曹翰三十年前學六韜英名常得預時髦
曾因國難披金甲不為家貧賣寶刀臂健尚嫌弓力軟
眼明猶識陣雲高堂前昨夜秋風起羞覩盤花舊戰袍
岳鄂王飛潭水寒生月松風夜帶秋明郭定襄登甘州
城西黑水流甘州城北塞雲愁玉關人老貂裘敝苦憶

平生馬少游湯允勣苜蓿含花草露班奚奴擾擾出沙灣塵飛大夏三千里泥滿東風十二閑直内銅符初上繳征西鐵甲未東還可憐絶代賢王手少畫漁陽阿犖山咸武毅繼光畫角聲傳草木哀雲頭對起石門開朔風邊洒不成醉落葉歸鴉無數來但使元戈銷殺氣未妨白髮老邊才勒名峰上吾誰與故李將軍舞劒臺右偶舉數篇皆見英雄本色有文士所不能道者又如宋之劉涇賀鑄韓蘄王世忠明之沐昂俞大猷李言恭萬

表陳第輩不可枚舉孰謂兜鍪之流祗解道明月赤團團也唐高崇文誰把髀兒射鴈落白毛空裏亂紛紛雖俚語亦不凡可竝謝胡撒鹽之句

元祐間明州士人陳生附賈舶泛海遇風引至一島見有精舍金碧明煥榜曰天宮之院堂上一老人據牀而坐神觀清臞左右環侍白袍烏巾者約三百餘人自言皆中原人唐末避亂至此不知今幾甲子也山巔一亭榜曰笑秦問老人為誰曰唐相裴休也山中生人復甚

大多如人形生欲乞數本老人曰此物鬼神所護惜不可經涉海洋山中金玉任爾取之又云楞嚴乃諸佛心地之本當循習之復令人導之登舟轉盼之頃已至明州矣右見墨莊漫録八參譜

天平山僧得蕈一叢煮食之大吐内三人取鴛鴦草啖之遂愈二人不啖竟死鴛鴦草藤蔓而生黄白花對開治癰疽腫毒尤妙或服或傅皆可葢沈存中良方所載即金銀花也又曰老翁鬚本草名忍冬先方伯贈尚書

府君羣芳譜云一名鷺鷥藤又名金釵骨

蜀洛之黨亦曰許洛蓋以頼濱晚居許田然東坡卜居

陽羨而葬郟未嘗一日居許也墨莊漫録云崔鶠德符

陳恬叔易皆戊戌生田晝承君李廌方叔皆己亥生竝

居頼昌陽翟為許黨之魁時號戊己四先生蓋是時東

坡及黄秦之殁久矣而黨論猶未息此蜀洛諸君子賢

知之過毋乃為紹述諸壬人所笑耶

墨莊云濟南為郡在歴山之陰水泉清泠凡三十餘處

予按濟南七十二泉其名具載齊乘實不止三十餘也又云李格非文叔作歷下水記叙述甚詳文體有法惜不與洛陽名園記竝傳

王安石常患偏頭痛神宗賜以禁方用新蘿蔔取自然汁入生龍腦少許調勻昂頭滴入鼻竅左痛則灌右鼻右即反之

米元章論書云江南吳皖登州王子韶大隸題榜有古意吾兒尹仁與之等幼兒尹知代吾名書碑及手書大

字更無辨門下許侍郎尤愛其小楷按尹仁即友仁也

今人止知其畫尹知書則知之者益鮮矣

元章論唐人書最不喜柳云柳出歐陽而為怪醜惡劄之祖自此世人始有俗書其弟公綽乃不俗予昔兩至成都謁武侯廟廟有裴度撰碑公綽書也

宋時製墨名家有潘谷陳贍張谷又有常山張順九華朱覲嘉禾沈珪金華潘衡宣政間有關珪關瑱梅鼎張滋田守元曾知唯桐栢張浩河東解子誠韓偉昇可與

李氏父子相甲乙

藏書之富有宋宣獻畢文簡王原叔錢穆父王仲及荆

南田氏歷陽沈氏譙郡祁氏鲁畋彦和賀鑄方回

乙酉有書賈來益都之顏神鎮攜蘇過叔黨斜川集僅

二册價至二百金有竒惜未得見之

野客叢書云或有書是非字為氏飛者固好竒之過然

不可謂無所本以氏為是如漢志至玄孫氏為莊王是

也以飛為非如漢碑飛陶唐其若是乎是也

昔人謂江左禁書疏往來故右軍帖多稱死罪以當時有禁也然孔廟漢碑魯相奏記司徒司空府首具年月日魯相臣等叩頭死罪敢言云云末又云惶恐叩頭死罪又孔文舉繁欽陳琳諸人皆用之則非自右軍始矣

世疑桑欽著水經成一家言何以後漢文苑不為立傳陸儼山引漢孔安國傳徐敖以毛詩傳塗惲子真子真傳桑欽君長當是西漢末人

康節外紀云邵堯與常秩同召堯卒不起又云王介甫方行新法天下紛然以為不便思得山林之士相合秩引對因盛言新法之便乃除諫官以至待制帝浸薄之而介甫主之不忘秩之本末如此不知永叔何為取之

行盡江南數十程曉風殘月入華清宋人杜常詩也按常為昭憲皇后族孫第進士歷官工部尚書而霏雪録以為杜牧詩誤矣畫墁録云神宗聞昭憲之家有登第者甚喜有旨令上殿翼日謂執政曰杜常第四人登第

郤一雙鬼眼可提舉農田水利即此杜常也

香祖筆記卷十一

欽定四庫全書

香祖筆記卷十二

刑部尚書王士禛撰

東坡詩云詩文豈在多一頌了伯倫朱少章謂藝文志載劉伶集三卷伯倫非他無文章鍾退谷謂劉眘虛生平詩才十四首予覯獨孤及三賢論及殷寅所嘆眘虛之長不止于詩詩亦豈止十四首但此一頌十四詩足以不朽其人他文可不必傳政如白頭花鈿滿面不如

美人半妝耳山谷豫章集最多而晚年自删其詩止存三百篇徐昌穀自定迪功集亦最少二公正得此意予生平為詩不下三千首門人盛侍御誠齋（符升）曹祭酒戢菴（禾）為撰精華錄意存簡貴然所取尚近千首愧山谷昌穀多矣

朱少章詩話云黄魯直獨用崑體工夫而造老杜渾成之地禪家所謂更高一著也此語入微可與知者道難為俗人言

物類相感志云芽茶得鹽不苦而甜乃知古人煎茶必加薑鹽以此然茶取其清苦若取其甘何如啜蔗漿棗湯之為愈也

陳仲醇云溧陽人家有鍾離權書花押如一劒狀則是神仙亦有押字

唐牛李之黨贊皇君子 功業爛然與裴晉公相頡頏武宗之治幾復開元元和之盛其黨又皆君子也僧孺小人功業無聞但悉謀維州一事怨恫神人其黨李宗閔

楊虞卿之流又皆小人也二人之賢不肖如薰猶然不難辨也自蘇穎濱二人皆偉人之說出謂僧孺以德量高德裕以才氣勝而賢不肖始混淆矣初僧孺尉鄗縣而水中灘出有灘鵜一隻飛下僧孺果入西臺陳仲醇云奇草入臺當以鵂梟應之此雖戲論實公言耳吾宗鶴尹兄於工于詞曲晚作籌邊樓傳奇一褒一貶字挾風霜至于維州一案描摹情狀可泣鬼神嘗屬予序之而未果也今鶴尹歿數年矣憶前事為之憮然聊復論

之如此將以代序且以見傳奇小技足以正史家論斷之謬誣也鶴尸大父緱山先生作鬱輪袍及裴湛和合二曲詞曲家稱為本色當行

何大復平涼詩云惟餘青草王孫路不屬朱門帝子家莫中江以為李滄溟在河南時作人與地皆誤也

濟南府城東三十里王舍人店萬歷間耕者得片石于田中刻讀書臺三字乃蘇長公書也按元遺山濟南行記以為宋張公掞讀書處掞舉進士仁宗朝知掖縣奏

免登萊租稅後以戸部侍郎致仕或云是其兄揆揆字貫之通易太玄陳執中薦為龍圖閣直學士進翰林侍講學士云

徐渭墨芍藥一軸甚奇恣上有自題云花是揚州種瓶是汝州窰注以東吳水春風鎖二喬字亦怪醜予少喜渭詩後再讀乃不然只是欠雅馴耳

後山談叢云齊之龍山鎮有平陵故城高五丈四方五里附城有走馬臺其高半之濶五之三上下如一其西

與南則在內東北則在外莫曉其理按東平陵城唐之
全節縣也即古譚子國詩所謂譚公維私者也故城址
尚存走馬臺則不可辨識矣城東門有漢夏侯勝墓
後山云趙內翰彥若家有南唐澄心堂書目才三千餘
卷有建業文房之印
永叔論書喜李西臺而集古録不取張從申秦玠兵部
學西臺書文忠在亳問秦西臺何學曰張從申也今金
陵棲霞寺碑乃從申書豈文忠偶未睹耶

印章舊尚青田石以燈光為貴三十年來閩壽山石出
質溫栗宜鐫刻而五色相映光采四射紅如靺鞨黄如
蒸栗白如珂雪時競尚之價與燈光石相埒近斧鑿日
久山脈枯竭或以芙蓉山石充之無復寶色其直亦不
及壽山五之一矣二山皆在福州

語云棗不救儉言歉歲不宜棗也康熙甲申歲仍儉而
棗倍收乙酉歲豐棗亦收語不皆驗

寒食麪臘月雪為糊則不蠹宋王文憲家以皂莢末置

書中以辟蠹

王弇州觚不觚録云親王體至尊于文武大臣投剌作書有稱王者别號者不稱名惟令魯王一切通名自分宜當國而親王無不稱名矣至江陵而無不稱晚生矣當是時襲封者至稱門生按宋朝儀親王班宰相之下已乖大體況以天潢之尊降而稱晚生門生乎其褻越已甚而權相之氣燄亦可想見又何怪士風之不競乎江陵媚大璫馮保剌稱晚生以江陵之薰灼至使羣臣

上疏不敢斥名親王次輔皆稱晚生在外布按二司至行跪禮而屈體媚璫乃如此可謂羞朝廷而辱當世之士矣

御史于左都御史副都御史例用上銜名帖即陞遷至大官仍稱晚生不改予以康熙庚午為副院今梅少司馬桐厓鋗為御史掌京畿道後九年予為掌院梅已為副院猶稱晚生及出為閩撫不改也金少司冦璽亦嘗為屬同時為副院亦稱晚生及出為楚撫則改稱侍生

不知用何例也

各道御史掌道論俸之先後一定不易惟協理則總憲批委遂多趨避如河南江南浙江三道缺協理之員則人競趨之臺規不肅為日已久予為掌院凡協理一按俸次先後不許越次至内陞京卿初薦常百子翼聖後薦李質君斯義陳大年齊永旹以久次掌河南道者無所容其營競後常至大理寺卿陳至太常寺少卿卒李今為福建巡撫此亦所以崇恬退抑奔競之道而前後

皆不盡然

翰林有對房師生之例自明代相沿至今弇州謂三品以上則不復敘然予見王大宗伯涓來澤弘為吏侍杜大司馬肇余臻為尚書每相遇杜執弟子禮益恭此盛德足以風世也弇州又言常熟嚴文靖公訥以嘉靖甲辰會試分領詩經房瞿文懿景淳以本經中式乙未再分房李文定春芳亦以本經中式皆不稱門生不可解也

明舊例五部尚書避大學士惟吏部尚書不避相遇則

下與而揖令吏部亦與五部尚書同矣弇州謂蒲州楊襄毅公為太宰位望俱重侍郎以下皆遠避後起掌兵部亦然

明舊例太常光禄太僕寺正卿皆避侍郎弇州議其非今無是矣即遇尚書亦不避也若翰林庶常以至内閣中書舍人遇尚書都御史亦分途抗行不避不知何説

弇州載吳中陸子剛之治玉鮑天成之治犀朱碧山之治銀趙良璧之治錫馬勲治扇周之治商嵌吕愛山治

金王小溪治瑪瑙蔣抱雲治銅皆比常價再倍其人或與士大夫抗禮

文房寶飾云養筆以硫黄水舒其毫東坡以黄連煎湯調輕粉蘸筆頭候乾收之山谷以川椒黄蘗煎湯磨松煙染筆藏之尤佳又東坡作墨以高麗煤契丹膠為之

倪雲林每作畫必題一詩多率意漫興惟妮古録載一詩最佳云十月江南未隕霜青楓欲赤碧梧黄停橈坐對西山晚新鴈題詩小著行

又顧阿瑛題文與可竹云湖州昔在陵州日日日逢人寫竹枝一段枯梢三作折分明雪後上牕時風致不減雲林

昔在京師從宋荔裳琬所見元朱碧山所製銀槎乃太乙仙人一時多為賦詩以為張騫事非是妮古録云曾見所作昭君像琵琶乘騎髻髮衣領花繡鬃鬣種種精細馬腹上豆許一穴其中嵌空琵琶上刻碧山二字

羣碎録云書曰帙者古人書卷外必用帙藏之如今裹

袱之類宋真宗取廬山東林寺白居易集命崇文院寫

較包以班竹帙送寺嘗于秀水項氏見王右丞畫一卷

外以班竹帙裹之云是宋物帙如細簾其内襲以薄繒

故帙字從巾

内典云福不唐捐今謂亭館無壁曰唐肆唐訓空

續文獻通考載劉辰翁須溪集一百卷今所傳止記略

二卷及批點老莊列班馬世説摩詰子美長吉子瞻詩

九種耳

太平清話云朱竹古無所本宋克仲温在試院卷尾以朱筆掃之故張伯雨有偶見一枝紅石竹之句然閩中實有此種紅如丹砂

明仁宗賜禮侍金問歐陽居士集凡二十册遭回禄失其八後在文華殿從容言及賜書事宣宗促命内侍補之復完余聞曹舍人貞吉云官典籍日料撿内府藏書宋刻歐陽集凡有八部竟無一全者葢鼎革之際散軼不可勝道矣

王介甫狠戾之性見于其詩文可望而知如明妃曲等不一其作平甫墓誌通首無兄弟字亦無一天性之語敘述漏略僅四百餘字雖曰文體謹嚴而人品心術可知唐宋八家文選取之可笑

屠隆長卿令青浦梁辰魚伯龍過之為演浣紗記遇佳詞輒浮以大白昔袁荊州籜菴于令自金陵過予廣陵與諸名士汎舟紅橋予首賦三闋所謂綠楊城郭是揚州者諸君皆和袁獨製套曲時年八十矣曲載紅橋倡和

昔張子野與東坡會飲垂虹亭年亦八十

司馬子長采左氏内外傳國策世本以為史記楊用修取華陽國志王象之紀勝成都碑目費著器物譜蜀錦譜蜀箋譜以為蜀志昔人謂可以為脩志乘法予見康對山武功志前幅載織錦璿璣詩圖劉九經郿志前幅載武侯木牛流馬圖殊有別趣但如此佳料不易得耳

秦少游有姬邊朝華極慧麗恐妨其學道賦詩遣之至再後南遷過長沙乃眷一妓有郴江幸自遶郴山為誰

流下瀟湘去之句何前後矛盾如此

畫家界畫最難如衛賢馬遠夏珪王振鵬皆以此専門名家不足貴也郭忠恕畫山水入逸品乃工界畫斯足異耳論詩文當以是推之或云忠恕以篆籀畫屋

李義山記榮陽鄭璠官象州得怪石六輦運以歸費俸錢六十萬後還長安無居宅妻兒寄人舍下余讀而笑之既稱廉吏安所得六十萬錢鬱林石殆不如此

予最愛湯義仍先生絶句清遠樓中一覺眠雨鳩風燕

乍晴天年來愛作團欒語不得中男在眼前昔丁卯戊辰間予家居而第三男啟汸官文登廣文嘗寫此詩寄之以代家書眞不減子由彭城逍遙堂絶句也興觀羣怨學詩者當于此等求之

張景山一石中有月形石色紫而月白月中有桂樹其文黑枝葉老勁雖工畫者不能為又呂東萊蓄一犀帶中有月影過望則見范文正家一古鏡背具十二時如博碁子每至某時則碁中明如月又季鷹山一爐幕上

有十二孔應時則香出

趙松雪鵲華秋色圖為周密公謹作山頭皆著青綠全學右丞公謹家世濟南流寓吳興故松雪為作此以寄其故鄉之思密常著癸辛雜識雲煙過眼録諸書癸辛所居巷名猶許渾之丁卯橋

康熙中嘗

命畫苑寫耕織圖

御製詩冠其上方刻印頒行按此圖始于宋於潛令四

明樓璹作耕織圖以獻思陵各繫五言八句詩逐段有

憲聖皇后題字

古人文章身後所託不一如白居易以轉輪藏唐球以瓢劉蛻以冢陸龜蒙以白蓮寺佛腹後百千年必有知者何必藏之名山副在通都耶

梅梁有二會稽禹廟梅梁乃大梅山所産梅樹張僧繇畫龍其上夜大風雨飛入鏡湖與龍鬬乃以鐵索鎖之晉謝安石作新宮造太極殿少一梁忽有梅樹流至石

頭城下取為梁殿乃成畫梅花于其上

予昔奉使廣州親見草麻樹扁豆樹茄樹昨閲一書言西土甘草亦有成大樹者皆異聞也

袁淑山公九錫文沈約修竹彈甘蕉文韓愈毛頴傳之類偶然游戲後來作者遂多吾鄉賈公三近嘗輯滑稽編若干卷先生父方伯贈尚書府君曾屬毛子晉刻之汲古閣又常見文府滑稽一書皆此等文也

會稽女子商婉人能詩工楷法常仿吳彩鸞寫唐韻作

廿三先廿四仙武林沈碉芳名淙為題絕句云簪花舊格自嫣然顆顆明珠貫作編始識彩鸞真韻本廿三廿四是先仙商本老學究女兼能制舉文字嘗手評沈文一卷文有詩贈之云細筆猩紅絕妙辭掃眉應下拜名師從來王抨稱才子樓上昭容字婉兒

門生沈碉芳又云康熙壬子為河道總督請主任城書院有諸生饋墨數丸云是土人所製形如掘丸磨之甚黝黑則充墨至今猶有傳其遺法者惜予未及見之

杭州臬署本宋岳忠武王宅東偏有王祠祠後又有一祠竝祀文信國及元伯顔養濟院則祠嚴嵩為土地皆不知起于何時

磵芳嘗與友人汎西湖未幾雨作座有請乩仙者至則書一絶句云才散笙歌罷緑么冷風疎雨上輕舠問子名字真消息曾向王維雪裏描叩之自云緑天仙子賈秋壑半閒堂後植蕉百本予乃其中之得靈氣者現美人身侍書于巾峰洞天翼日跡之果有巨蕉一本樵牧

不侵遂醵金搆精舍其側自後數降乩與諸生倡和云

康熙甲申十二月蘇州洪生者與客談次忽空中有聲舉頭視之見一人左手抱冊右手持杖黃巾黃衫御風而過頃刻漸遠猶見衣角出閭市人亦多見之

碉芳云曾見諸生中有油姓煙姓

粵東撫署即尚藩故王宮東園有樹一株結實如枇杷中空似有核而脫去竟無能名之者亦異植也

先兄考功集詩屢經芟削最後止刻四卷佳句佚者頗

多略記一二如濰縣道中云人煙通下密橋路遶東丹夏夜詞云夢覺聞花漏星河一帶横感興云大人有賦言仙意内景何方駐聖胎此類尚夥予少時詩如送人知鄞縣云天晴真臘樹日射灌門潮分賦菊名孔雀尾云未登嵇氏狀却號孔家禽贈徐東癡云湘東品第留金管江左風流續玉臺過郡城云郭邊萬戶皆臨水雪後千峰半入城舟中小飲云行藏略已同仙尉得失何妨任老兵餘亦頗有可存者今略識其概耳

雪蕉館紀談云明玉珍在蜀有成都人陸子良能造薛

濤箋工巧過之玉珍建擷錦亭于浣花置箋局俾子良

領其事今萬里橋東有蜀府造箋白石盆鏤刻甚精然

距浣花尚數里

又云陳友諒在南昌喜食玉葉羹乃以西山羅漢菜曲

江金花魚為之按曲江隸豐城宋元祐太后為金人所

追投金花于此祈風改名金花潭

倪雲林小畫一軸上題字云三月四日解后德方郎官

九成掾使于荆溪之上相從及旬而别因九成徵予畫并賦詩剡掾學阮掾宛然西晉風百年聊復爾三語將無同載酒來谿上看山入剡中孤帆逐雲樹煙雨滿春空淨因菴主瓚沈石田峯大癡山水自題云山疊氣未舒衍迤勢叵窮溪壑互中涵草樹發青紅縹緲神仙居隱現金銀宫飛霞隅鸞鶴叢筌思閬風誰從此招手度我逍遥翁時弘治辛亥九月下浣沈周右二幅皆于濟南朱氏楓香閣觀

予于前卷太息郟縣仝軌之遇以為郃陽康乃心與軌前後皆以詩見知而有遇有不遇皆命也乙酉九月予歸田且近一載一日得河南題名小録閲之則軌居然領解額第一自喜老眼無花因檢篋中軌所寄詩尚存輒録于此與識者共質之云華星烱烱羅秋穹帝車正色臨天中今古文章各司命龍門吾代趨王公賤子曾公公從祖大羅天詠霓裳同萬歷乙未孔李通家踰百載日月泥塗牛馬風何況虞廷儀鸞鷟和聲應答唯笙鏞鶴

喉鶯啼瘖不發草間誰敢矜寒蛩東平牙齒濫餘論江
天颯颯羞吳楓新文底用把小陸飛夢已過尸鄉東鶩
間面赤汗浹背進退交感心忡忡灑掃何年懷四本聊
將耳學思擘蒙騷經詩史立忠義豈徒排比鋪陳工霧
夕芙蕖詑沘范區區兒女塗青紅劉生示我漁洋集南
海蜀道爭豪雄工部吏部水赴海白公蘇公金在鎔深
林二月亂桃李大江百怪騰蛟龍餘子我亦輕狹陋如
公誰不懷朝宗恨不遭公問緒業微言日日開心胷莫

訝投詩未相識平生一瓣曾南豐

太倉孝廉吳樞字大年言其叔廩膳生某授徒學宮之側諸童子苦之時有乞兒曰張鬼子者形貌怪醜每夜宿城隍廟下乃羣往商于鬼子欲其暮夜假鬼物以駭之鬼子曰諾然必得硃書符票如官司勾攝狀乃可衆如其言一日日未晡吳方危坐鬼子忽從窗入持符示吳曰奉命勾汝吳素識之曰汝乞兒張某何事相嬲鬼子曰冥司符在豈誑耶挾吳自窗徑出衆驚視吳已卒

鬼子亦不復見

毘陵一士大夫妻頗能詩既而納一姬處之别館夫人偵知將自往掩取之倉皇無計攜姬渡江假寓廣陵夫人追之至京口江岸不敢渡而歸一日座客述之余曰所謂長江天塹天之所以限南北也一座大笑

吾郡遺文惟晁無咎北渚亭賦最為瑰麗有淮南小山之遺風其序曰北渚亭熈寧五年集賢校理南豐曾侯鞏守齊之所作也葢取杜甫宴歷下亭詩以名之風雨

廢久州人思侯猶能道之後二十一年而秘閣校理南陽晁補之來承守乏侯于補之丈人行辱出其後訪其遺文故事廑有存者而圃多大木歷下亭又其最高處也舉首南望不知其有山嘗登所謂北渚之址則羣峰屹然列于祠上城郭井閭皆在其下陂湖迤邐川原極望太息語客想見侯經始之意乃徹池南葦間壞亭徙而復之賦見雞肋集第二卷今水面亭歷下亭皆在明湖之南而湖北水閘之西有小圃傳為北渚亭故址尚

有古屋數椽修竹數十竿其地瀕湖背城絶無高明爽塏之觀不知子固所搟無咎所賦果此地否因讀雞肋集而識之俟訪諸故老

俗人傳譌襲謬有絶可笑者兖州陽穀縣西北有冢俗呼西門冢有大族潘吳二氏自言是西門嫡室吳氏妾潘氏之族一日社會登臺演劇吳之族使演水滸記潘族謂辱其姑聚衆大鬨互控于縣令令大笑各撲一二人荷校通衢硃批曰無恥犯人某某示衆然二氏終不

悟也從侄鵷過陽穀親見之

徐神翁謂蔡京曰天上方遣許多魔君下生人間作壞

世界蔡曰安得識其人徐笑曰太師亦是按水滸傳傳

奇首述誤走妖魔意亦本此然不識蔡京為是天罡為

是地煞耳神翁語見錢氏私誌

晁無咎陌上花八首工妙不減蘇公其二篇云孃子歌

傳樂府悲當年陌上看芳菲曼聲更緩何妨緩莫似東

風火急歸荆王夢罷已春歸陌上花隨暮雨飛却喚江

船人不識杜秋紅淚湍羅衣

無從將別歷下詩云來見紅蕖溢渚香歸途未變柳梢

黄殷勤趵突溪中水相送扁舟向汶陽鴛鴦鸂鶒繞漁

梁摇漾山光與水光不管使君征棹遠依然飛下舊池

塘將行陪貳車觀燈云行歌紅粉湍城歡猶作常時五

馬看忽憶使君身是客一時揮淚逐金鞍譙郡對酒憶

玉函山自注齊州西樓對北山云不遣西樓對北山宋譙頻綴副

車銜今年重汚花前酒猶是揚州別駕衫

蘇穎濱從事吾郡作閔子祠堂記濼源石橋記又和孔武仲濟南四詠環波亭云過盡綠荷橋斷處忽逢朱檻水中央北渚亭云西湖已過百花汀未厭相攜上古城据此則北渚亭當在北城之上不疑鵲山亭檻泉亭檻泉即趵突也又和李誠之待制燕別西湖西湖即明湖之西徧曾子固詩亦稱西湖又西湖二詠又徐正權秀才城西溪亭云溪上路窮惟畫舫城中客至有魯魚徐石介之壻也又次韻李昭叙燕别湖亭又遊泰山四首

初入南山云茲人謂川路今黄山鋪已南至泰山皆名川路故其下又云嘉陵萬壑底棧道百迴屈崖巘互崢嶸征夫時出没因川路以寄故鄉之思也四禪寺靈岩寺嶽下又舜泉復發又答徐正權謝示閔子廟記又舜泉詩四言序曰始余在京師聞濟南多甘泉流水被道蒲魚之利與東南匹會其郡從事闕求而得之既至大旱閔之其人云城南舜祠有二泉今竭矣明年夏雖雨而泉不作相與驚曰舜其不復享耶又明年夏大雨麥

禾鷰登泉乃復發民驩曰舜其尚顧我哉泉之始發瀦為二池釃為石渠自東南流于西北無不被焉灌溉播灑蒲蓮魚鼈其利滋大因為詩使祠者歌之詩不具録

按李公擇亦為齊守而歷下詩不多見惟頼濱集有和公擇赴歷下道中雜詠十二首耳公擇子由在齊正同時也

頼濱棲賢寺記造語奇特雖唐作者如劉夢得柳子厚妙于語言亦不能過之入棲賢谷谷中多大石岌嶪相

倚水行石間其聲如雷霆如千乘車行者震掉不能自持渡橋而東依山循水水平如白練横觸巨石滙為大車輪流轉洶湧窮水之變石壁之址僧堂在焉狂峯怪石翔舞于簷上杉松竹箭横生倒植葱蒨相糾每大風雨至堂中之人疑將壓焉予遊廬山至此然後知其形容之妙如丹青畫圖後人不能及也

吾郡李文叔格非元祐黨人文士也其著作自洛陽名園記外不多見頃從墨莊漫録得其所著墨癖說及雜

書二篇録之以備文獻云客出墨一函其製為璧為丸為手握凡十餘種以錦囊之詑曰昔李廷珪為江南李國主父子作墨絶世後二十年乃有李承晏又二十年有張遇自是無繼者自吾大父始得兩丸于徐常侍鉉其後吾父為天子作文章書碑銘法當賜金或天子寵異則以此易之余于是捧硯惟謹不敢議（闕三字）余用薛安潘谷墨三十餘年皆如吾意不覺少有不足不知所謂廷珪墨者用之當何如也他日客又出墨余又請其

說甚辨余曰吁余可以不愛墨矣且子之言曰吾墨堅可以割然吾割當以刀不以墨也曰吾墨可置水中再宿不腐然吾貯水當以盆罌不以墨也客復曰凡世之墨不過二十年膠敗輒不可用今吾墨可百餘年不敗余曰此尤不足貴余墨當用二三年者何用百年客辭窮曰吾墨得多色凡用墨一圭他墨兩圭不逮余曰余用墨每一二歲不能盡一圭往往失去輒易墨未嘗苦少墨也客曰吾墨黑余曰天下固未有白墨雖然使其

誠異他墨猶足尚乃使取硯屏人雜他墨書之使客自辨客亦不能辨也因恚曰天下奇物要當有識者余曰此正吾之所以難也夫碔砆之所以不可為玉魚目之所以不可為珠者以其用之才異也今墨之用在書茍有用于書與凡墨無異則亦凡墨而已烏在所可寶者嗟乎非徒墨也世之人不考其實用而眩于虛名者多矣此天下寒弱禍敗之所由兆也吾安可以不辨又雜書論左馬班韓云馬遷之視丘明如麗倡黠婦清歌緩

舜間以諧笑傾盞立至亦可喜矣然不如絕代之女却鉛黛曳縞紵施帷幄裴回微吟于高堂之上使淫夫穴隙窺之終不敢意其啟齒而一笑也班固之視馬遷如韓魏之壯馬短鬣大腹服千鈞之重以策隨之日夜不休則亦無所不至矣而曾不如騕褭之馬方且脫驤逸駕驕嘶顧影俄而縱轡一騁千里韓愈之視班固如十室之邑百家之聚有儒生崛起于蓬蓽之下詩書傳記鏘鏘常欲鳴于齒頰間忽遇奕世公卿不學無術之子

弟乘高車從虎士而至雖鄙惡而體已下之矣又云余嘗與宋遐叔言孟子之言道如項羽之用兵直行曲施逆見錯出皆當大敗而舉世莫能當者何其橫也左丘明之于辭令亦橫自漢後千年惟韓退之之于文李太白之于詩亦皆橫者近得葡山貫當谷記經藏記又今世橫文章也夫其橫乃其自得而離俗絕畦徑閒者故衆人不得不疑則人之行道作文政恐人不疑耳

又蠻容捫虱云李格非善論文章嘗曰諸葛公出師表

李令伯陳情表陶淵明歸來引沛然如肺肝流出殊不見有斧鑿痕數君子在後漢之末兩晉之間未嘗以文章名世而其詞意超邁如此蓋文章以氣為主氣以誠為主故老杜謂之詩史者其大過人在誠實耳

輟耕録言或題畫曰特健藥不喻其義予因思昔人如秦少游觀輞川圖而愈疾而黄大癡曹雲西沈石田文衡山輩皆工畫皆享大年人謂是煙雲供養則特健藥之名不亦宜乎

宋王安中履道作元旦致語云君子有酒多且旨得盡羣心化國之日舒以長對揚萬壽與余少時所夢同而小異

聯對雖小道亦足見人才思門人殷彥來譽慶曩在京師集成語作一聯相贈云一時賢士皆從其游天下文章莫大于是時稱其自然工妙又汪閣學文漪灝一聯云尚書天北斗司寇魯東家人亦稱之

從叔祖洞庭先生象咸明末官光祿寺署正擅草聖崇禎

時嘗奉詔書御屏先王父尚書一日置酒名之酒閙諸孫競進乞書余時總角王父把酒命對句云醉愛羲之蹟余應聲對云狂吟白也詩公大喜以巵賜之

趙甥執端以元人畫二軸索題其一崇山大谿山水間多林木丹綠相錯中有草堂堂上二丈夫左右相向立左者抱琴中有繡墩墩上有盤盤中橫紅梅一枝堦下二人控馬立不知何謂也其一士女惜花圖叢花片石予昔藏江上女子周禧畫惜花春起早一幀似是臨摹

此畫上方有潘純張雨倪瓚錢惟善四詩錢詩云庭院無人春已深東風吹老惜花心自知命薄難承寵不費長門買賦金頗有寄託予少時有詠梅妃減字木蘭花一闋云天然姿媚此似梅花應不異一斛珍珠得似鮫人淚點無文園老去恨煞無人能解賦我見應憐不索長門買賦錢意各别而語相似

康熙乙酉

命詞臣彚纂羣芳譜羣芳譜者先王父贈尚書方伯府

右萬歷末被斥辭之黨齮齕歸田林下十年所著書也

異代乃為九重所賞亦家世盛事不可不紀

世謂宋文貞公鐵心石腸而賦梅花殊不類其為人愚按南卓羯鼓録云宋開府雖耿介亦深好色樂尤善羯鼓常與明皇論鼓事曰頭如青山峰手如白雨點云云大類教坊樂人語文貞豈宜有此文貞南和人葬沙河今二縣皆有祠

香祖筆記卷十二

總校官候補知府臣葉佩蓀

校對官中書臣趙懷玉

謄録監生臣胡是光

圖書在版編目（CIP）數據

香祖筆記 / (清) 王士禛撰. — 北京：中國書店, 2018.8
ISBN 978-7-5149-2082-6

Ⅰ. ①香… Ⅱ. ①王… Ⅲ. ①筆記小說－中國－清代 Ⅳ. ①I242.1

中國版本圖書館CIP數據核字(2018)第085013號

四庫全書·雜家類

香祖筆記

作者 清·王士禛 撰
出版發行 中國書店
地址 北京市西城區琉璃廠東街一一五號
郵編 一〇〇〇五〇
印刷 山東潤聲印務有限公司
開本 730毫米×1130毫米 1/16
印張 40.75
版次 二〇一八年八月第一版第一次印刷
書號 ISBN 978-7-5149-2082-6
定價 一四六 元（全二册）